KB114043

공동전인 共同專人

석정구 新무협 판타지 소설

FANTASTIC ORIENTAL HEROES

공동전인 4

설경구 新무협 판타지 소설

초판 1쇄 찍은 날 § 2009년 6월 4일
초판 1쇄 펴낸 날 § 2009년 6월 15일

지은이 § 설경구
펴낸이 § 서경석

편집장 § 문혜영
편집책임 § 정서진
편집 § 서지현 · 주소영

펴낸곳 § 도서출판 청어람
등록번호 § 제1081-1-89호
등록일자 § 1999. 5. 31
어람번호 § 제2-1757호

주소 § 경기도 부천시 원미구 심곡2동 163-2 서경B/D 3F (우) 420-822
전화 § 032-656-4452 팩스 § 032-656-4453
http://www.chungeoram.com
E-mail § eoram99@chollian.net

© 설경구, 2009

ISBN 978-89-251-1828-4 04810
ISBN 978-89-251-1741-6 (세트)

共同傳人

공동전인

설경구 新무협 판타지 소설

FANTASTIC ORIENTAL HEROES

4

劍隱
色魔
幽靈

청어람
도서출판

荷蒸乳蒸首棗陽細賜美福佑平于王岫

至大改元四月佛浴道音廣爲傳衍護

日弟子趙孟頫敬書長座前有正

老君演此真妙徑完正

共同
傳人
공동전인

원래 그런 법이었다.

맞은 놈은 두 발을 쭉 뻗고 편히 자지만 때린 놈은 아무리 편히 잠들려고 애써도 불안해서 잠이 오지 않는다.

뒤통수가 찜찜하고 괜스레 발가락이 오그라들어서 다리도 제대로 뻗지 못한다.

더구나 맞은 놈의 뒤에 든든한 배경이 있다면 더욱 그렇다.

조금 슬프긴 하지만 이게 세상의 이치였다.

그래서 사무진은 입맛이 없었다.

비록 성대하지는 않았지만 개파식은 무사히 끝났다.

그것을 기념하기 위해 현재 마교의 주요 인물들이 모두 한 자리에 모여서 함께 간단한 반주를 곁들이며 저녁 식사를 하는 자리.

상 위에는 심 노인이 특별히 신경 써서 정성껏 준비한 산해진미가 잔뜩 올라와 있었지만 그냥 숟가락을 내려놓았다.

그리고 사무진이 숟가락을 내려놓자 분위기는 자연스레 가라앉았다.

"음식이 입에 맞지 않으십니까?"

"그냥 입맛이 없네요."

심 노인이 걱정스런 표정을 지은 채 물었지만 사무진은 가볍게 고개를 흔들며 한숨만을 내쉬었다.

"지금부터 내가 하는 말. 모두 잘 들어요."

그리고 잠시 후, 사무진이 입을 떼자 심 노인과 홍연민, 그리고 매난국죽과 마도삼기까지 모두의 시선이 일제히 그에게로 향했다.

그 시선을 일일이 마주한 후, 사무진이 어렵게 이야기를 꺼냈다.

"전에 나한테 얻어맞은 게 누군지는 다들 알죠?"

"……."

"……."

"사도맹주의 둘째 아들이에요. 홍 군사의 말대로 어떻게든 참았어야 하는데 뱃속에서 울컥하고 뭔가가 치밀어 올라서……."

사무진이 머리를 긁적였다.

그리고 심각한 표정으로 이어질 이야기를 기다리고 있는 모두를 향해 말을 이었다.

"그래서 사도맹과 사이가 별로 안 좋아져 버렸네요. 당장은 아니겠지만 머지않아 사도맹에서 어떤 움직임이 있을 거예요."

"어쩌실 생각입니까?"

"지금 그에 대한 대책을 강구하고 있어요. 그래서 말인데, 한동안 내가 자리를 비울 거예요."

사무진의 말이 끝나자 심 노인은 놀란 표정을 감추지 않았다.

조금 전 사무진의 말은 틀리지 않았다.

사무진이 반쯤 죽여놓은 것은 사도맹주의 둘째 아들.

사고 중에서도 대형 사고를 친 사무진이었다.

그런 그가 자신이 벌여놓은 대형 사고를 수습할 생각도 않고 갑자기 어디론가 떠난다고 하니 영 불안한 표정이었다.

"대체 어디로 가십니까?"

"왜요? 혼자 도망이라도 칠까 봐 그래요?"

"설마 그러시겠습니까?"

"혈마옥으로 갑니다, 마교의 장로들을 빼내오기 위해서."

"그게 진심이십니까?"

심 노인이 눈을 크게 떴다.

그에게나, 마교에나 현재 혈마옥에 갇혀 있는 마교의 장로들이 차지하는 비중은 그만큼 컸다.

그러나 이내 걱정스런 표정으로 바뀌었다.

"하지만 전에도 말씀드렸다시피 혈마옥은 수많은 무인들이 철통같이 방비하고 있다고 들었습니다."

"그건 걱정하지 말아요, 우리 마교에는 혈마옥 전문가가 두 명이나 있으니까."

삼 년간 혈마옥 안에서 생활했던 사무진이다.

더구나 삼십 년간 혈마옥의 경계를 책임졌던 아미성녀도 있었다.

이 정도면 혈마옥 전문가라고 해도 과언이 아닐 터였다. 심 노인을 안심시키기 위해 한마디를 남긴 사무진이 이번에는 마도삼기에게로 시선을 던졌다.

"솔직히 말해봐요."

"……?"

"생사판 염혼경과 싸우면 이길 수 있겠어요?"

그리고 사무진이 갑작스레 던진 질문을 들은 마도삼기는 쉽게 대답하지 못하고 잠시 주저했다.

사도맹 내에서 서열 팔위에 올라 있는 염혼경은 대단한 고수였다.

생과 사를 결정하는 판관!

자신감을 넘어 광오하다는 느낌마저 주는 별호는 그냥 얼은 것이 아니었다.

물론 마도삼기가 강호에서 얻은 명성도 결코 염혼경에 비해 작은 것은 아니었지만 그래도 쉽지 않은 질문이었다.

고수들의 대결이란 아주 작은 차이가 승부를 가르는 법.

게다가 직접 부딪쳐 본 경험이 없었기에 더욱 승패를 예측하기가 어려웠다.

"합공을 한다면 칠 할의 승산이 있습니다."

잠시 생각에 잠겨 있던 장경이 한참 만에야 어렵게 대답을 꺼냈다.

그리고 그 대답을 듣자 이번에는 사무진이 의아한 표정을 지었다.

이미 염혼경과 대결해 본 경험이 있는 그였다.

근래 들어서는 마도삼기와도 부딪쳐 보았고.

"솔직히 말하라고 했어요."

"무슨 말씀이신지?"

"체면이 밥 먹여주는 것 아니라는 것 정도는 알 나이잖아요."

"솔직히 말씀드린 것입니다."

"그런데 왜 전에 나한테는 계속 얻어맞기만 했어요?"

"그야… 교주님이 너무 강하셔서 그렇습니다."

장경이 조심스레 대답을 꺼냈다.

물론 사무진이 무서워서 거짓말을 한 것은 아니었다.

사무진은 충분히 강했으니까.

하지만 그날의 일에 대해 좀 더 깊숙이 파고들어 상황을 살펴보면 마도삼기가 사무진에게 그렇게 일방적으로 얻어맞은 것에는 다 사정이 있었다.

다시는 떠올리기도 싫을 정도로 얻어맞았던 그날에는 우선 마도삼기가 방심했던 면이 없지 않아 있었다.

아직 새파랗게 젊은 사무진을 보았을 때, 겁도 없이 마교의 교주를 사칭하는 놈이라고 생각했으니까.

더구나 그때는 엄밀히 말하면 합공이 아니었다.

각개격파였다.

마도삼기는 개개인의 무공도 무척이나 강했지만, 합공을 펼칠 때 진정한 실력이 드러나는데 그날은 한 명씩 차례대로 번갈아가면서 얻어터졌다.

그래서 합공을 펼칠 틈도 없었다.

그러나 그 하고 싶은 변명들은 가슴속에 묻어둔 채 마도삼기가 조용히 고개를 숙일 때, 사무진이 다시 질문을 던졌다.

"확실해요?"

왠지 미덥지 않은 눈빛.

사무진의 눈빛을 확인하고 나자 마도삼기도 슬그머니 화가 난 듯 조금 언성을 높이며 대답을 꺼냈다.

"교주님께 이런 말씀드리기는 좀 그렇지만 저희도 다른 곳에 가면 무척이나 인정받는 편입니다."

왠지 억울하다는 표정으로 장경이 먼저 대답을 꺼냈다.

뒤이어 제원상도 슬그머니 한마디를 덧붙였다.

"사실 저희도 어깨에 힘 좀 주고 다닙니다."

그리고 이어진 윤극의 마지막 말.

"그런 의미에서 저희가 문지기를 하는 것은 좀……."

그제야 마도삼기가 진짜로 원하는 것을 눈치챈 사무진이 희미하게 웃음을 지었다.

"그 얘기는 이미 끝난 걸로 아는데요."

"물론 저희도 알고 있지만 재고(再考)라는 것도 있지 않습니까?"

"저희도 채신이 있는데."

슬쩍 눈치를 살피며 장경과 제원상이 한마디씩을 덧붙이자 사무진이 마침내 고개를 끄덕였다.

"좋아요. 이번에 잘하면 문지기에서 벗어나는 것에 대해 재고해 보도록 하지요."

"감사합니다."

들뜬 마도삼기의 목소리.

그러나 좋아하기에는 아직 일렀다.

"그나저나 만약 온다면 염혼경 혼자 오지는 않을 거예요. 누군가 조력자가 있겠죠."

"조력자라면?"

"아직 누군지는 나도 몰라요. 다만 염혼경과 비슷한 수준의 고수가 올 거예요."

아까도 말했지만 사무진이 흠씬 두들겨 패서 반쯤 죽여놓은 것은 사도맹의 이공자였다.

그 정도 위치에 있는 자가 그만한 수모를 겪었으니 다시 찾아올 때는 만반의 준비를 갖추고 올 것은 당연한 일이었다.

그리고 그 이야기를 듣자마자 마도삼기의 얼굴에도 긴장한 빛이 떠올랐다.

염혼경 혼자 온다고 해도 승산이 칠 할에 불과했다.

그런데 그와 비슷한 고수가 함께 찾아온다면?

"그 정도의 고수가 온다면 저희로서도……."

그래서 자신없는 목소리로 꺼낸 장경의 말이 끝나기도 전에 사무진이 단호한 목소리로 입을 뗐다.

"어떤 방법을 쓰는가는 신경 쓸 생각이 없어요. 다만 어떻게든 막아요."

"……"

"마교의 문지기에서 벗어나는 방법은 그것뿐이니까."

이번 말은 마도삼기의 투지를 불태우게 만들었다.

"그리고 기억해요. 내가 없는 사이 그들을 막지 못하면 우리 마교는 그대로 끝나는 것이나 마찬가지예요."

뒤이어 사무진이 덧붙인 말은 마도삼기에게 책임감을 불러일으키게 만들었다.

서로를 마주 보며 투지를 불태우고 있는 마도삼기를 사무진이 바라보고 있을 때, 심 노인이 조심스레 입을 뗐다.

"그런데 교주님."

"뭐예요?"

"현재 혈마옥을 지키고 있는 자들의 수는 얼마나 됩니까?"

갑작스레 흘러나온 심 노인의 질문에 사무진은 대답하지 못했다.

철통같이 경계하고 있다는 소문만 들었을 뿐, 정확한 인원이 얼마나 되는가는 그로서도 알지 못했다.

"거기까지는 나도 아직 몰라요. 하지만 아미성녀는 알고 있을 거예요."

"그럼 역시 그 방법밖에 없는 것 같습니다."

"……?"

"아미성녀라는 그 노파와 좀 더 친하게 지내시는 편이 좋겠습니다."

심 노인의 이야기가 끝나자마자 사무진이 얼굴을 찌푸렸다.

아미성녀는 누구나 인정하는 혈마옥 전문가!

굳이 따지자면 좀 더 친하게 지내라는 심 노인의 말은 틀리지 않았다.

하지만 내키지 않았다.

"심 노인은 너무하네요."

"이게 모두 우리 마교를 위한 일입니다."

"그래도 내 입장을 너무 생각해 주지 않는 것 아니에요?"

사무진이 불만을 토로했지만 심 노인은 뜻을 굽히지 않았다.

"마교를 위해서 교주님이 희생하셔야 합니다."

그리고 진심으로 마교를 사랑하는 심 노인의 고집만큼은 아무리 사무진이라 해도 꺾을 수 없었다.

"교주라는 자리는 너무 힘이 드네요."

입맛이 완전히 사라진 사무진이 결국 땅이 꺼져라 한숨을 내쉬었다.

*　　　*　　　*

사도맹 회음 지부

6월 22일 인시 기습으로 타격.

흉수는 무림맹 본단 소속 백호단으로 추정.

피해 내용:사망 이십삼 명, 부상 오십사 명.

사도맹 난주 분타

6월 23일 신시 기습으로 타격.

흉수는 무림맹 본단 소속 창궁단으로 추정.

피해 내용:사망 삼십사 명, 부상 사십오 명

지급으로 날아든 두 개의 전서구!

그 전서구의 내용을 슬쩍 훑어본 후 바닥에 내려놓은 사도맹주 호원상이 술잔을 앞으로 내밀었다.

쪼르륵.

잔이 채워지기 무섭게 호원상이 술잔을 비웠다.

그리고 호원상이 탁자 위로 비어 있는 술잔을 내려놓자 술병을 들고서 공손히 시립하고 있던 시비가 다시 그 술잔을 채웠다.

다시 한 번 비워지는 술잔.

연거푸 일곱 잔이나 비우고 나서야 호원상이 고개를 들어 먹물처럼 짙은 흑색 무복을 입고 있는 호중천에게로 시선을 던졌다.

"반격이 시작되었군."

"그렇습니다. 하지만 이미 예상하고 있던 수순입니다. 그리고 미리 대비하고 있던 덕분에 생각했던 것보다 피해 수준이 미미한 편입니다. 크게 심려하지 않으셔도 될 것으로 보입니다."

대답을 꺼내는 호중천이 바라보고 있는 것은 술잔이었다.

부친인 호원상은 술을 즐기는 편이 아니었다.

호중천의 기억이 정확하다면 부친이 술을 마시는 모습을 마지막으로 본 것은 칠 년 전이었다.

의형제를 맺고 있던 파천신군(破天神君) 화종염이 지병으로 죽었을 당시 술을 마신 이후로는 본 적이 없었다.

그리고 호중천은 지금 그의 부친이 다시 술잔을 들어 올리고 있는 이유에 대해 어렴풋이 짐작하고 있었다.

"뭐라고 하더냐?"

그래서 눈치챘다.

지금 호원상이 던진 질문은 무림맹의 반격으로 인한 좀 더 정확한 피해 상황이나 대처 방안에 대해 묻는 것이 아니라는 것을.

호원상이 궁금해하고 있는 것은 마교의 개파식에 참석했다가 부상을 입었다고 소식이 전해진 호중경의 상세였다.

"단전이 파괴되었다고 합니다."

"단전이 파괴되었다?"

"그렇습니다."

"회복은 불가능하다고 하더냐?"

"귀면신의(鬼面神醫)는 그렇게 답했습니다."

"……."

"하지만 아직 포기하기에는 이릅니다. 천주의가(川州醫家)에 연락을 해둔 상태이고 그 외에도 다른 방법을 찾아보고 있으니 좀 더 기다리다 보면 좋은 소식을 들을 수 있을 것입니다."

호중천이 조심스레 대답했지만 지그시 눈을 감고 있던 호원상은 고개를 흔들었다.

"틀렸다."

"……?"

"본 맹에 속해 있는 귀면신의도 실력을 의심할 필요가 없는 의원이다. 귀면신의가 그렇게 말했다면 천주의가의 가주인 현지민이나 강호 제일의 신의라고 알려진 천수신타가 온다 해도 달라질 것은 없다."

호원상의 단호한 목소리에 호중천이 말없이 고개를 숙였다.

그리고 이어지는 침묵.

그 침묵의 시간이 길어지며 살짝 지겨워지려는 찰나, 호원상이 다시 입을 뗐다.

"기쁘냐?"

"그게 무슨 말씀입니까?"

"그 녀석이 그리되었으니 사도맹은 자연스레 네게 넘어가게 된다. 너도 그 사실은 알고 있지 않느냐?."

"천부당만부당하신 말씀입니다. 경쟁자 이전에 중경이는 제 친동생입니다. 감히 어떻게 그런 마음을 품을 수 있겠습니까?"

호원상은 여전히 눈을 감고 있었지만 호중천은 긴장을 늦출 수 없었다.

마치 심중을 속속들이 내보이고 있는 느낌이랄까.

그래서 자신도 모르는 사이 호중천의 호흡이 살짝 거칠어졌지만, 호원상은 그것을 눈치채지 못한 듯 더 이상 추궁하지 않고 다른 이야기를 꺼냈다.

"말해보거라."

"무엇을 말씀하시는 것입니까?"

"생사판 염혼경과 구유신도 종리원의 마음을 얻을 자신이 있느냐?"

살짝 긴장하고 있던 호중천의 입가로 희미한 웃음이 스치고 지나갔다.

사도맹 서열 팔위의 염혼경과 당당히 오위에 그 이름을 올리고 있는 종리원은 사도맹 내에서 누구도 무시할 수 없는 영향력을 가지고 있었다.

그리고 그 두 사람의 공통점은 바로 호중경의 사람이었다는 것이었다.

그래서 지금 이 질문에 담긴 의미는 컸다.

단전이 파괴된 이상 호중경의 무인으로서의 생명은 끝났다고 할 수 있었다.

이런 상황에서 호원상이 던진 질문은 이제 그를 사도맹의 유일한 후계자로 생각한다는 의미였으니까.

"최선을 다해보겠습니다."

"쉽지 않을 것이다. 그들의 움직임이 심상치 않으니까."

"움직임이 심상치 않다는 말씀은 복수를 위해서 독자적으로 움직일 생각을 하고 있다는 것입니까?"

"아마도."

"그들이 중경이의 복수를 하게 내버려 두실 생각입니까?"

"내가 말린다고 해서 들을 자들이 아니다. 솔직히 말리고 싶은 마음도 없고. 하지만 그들이 움직였을 때는… 이미 늦었을 것이다."

"그건 또 무슨 말씀이십니까?"

호중천이 다시 질문을 던졌지만 호원상은 대답하는 대신 화제를 돌렸다.

"그놈의 이름이 사무진이라고 했느냐?"

"그렇습니다. 제게 기회를 주십시오."

"기회?"

"누가 뭐라 해도 중경이는 제 하나밖에 없는 동생입니다. 중경이의 복수는 제 손으로 직접 하고 싶습니다."

"복수라……."

"……?"

"복수는 부질없는 짓이지."

호중천이 고개를 번쩍 들었다.

복수는 부질없는 짓이라는 아버님의 말!

틀린 말은 아니라고 생각했다.

능력이 없는 자에게 지워진 복수라는 과제는 짐이 될 뿐이었다.

평생 어깨 위에 복수라는 무거운 짐을 매달고 살다가는 그 인생마저 빼앗기고 망가져 버릴 테니까.

하지만 다른 사람도 아닌 호원상에게서 이런 이야기를 듣게 될 것이라고는 전혀 예상치 못했다.

호원상은 복수라는 과제를 짐으로 느끼지 않을 정도로 충분한 능력이 있었으니까.

"하지만……."

"만약 그 녀석이 죽었다면 복수는 부질없는 짓일 뿐이지. 결국 그 복수라는 것은 너와 나의 마음이 편해지기 위해서 하는 의식일 뿐이니까. 하지만 그 녀석이 살아 있기 때문에 부질없다고 할 수 없다. 무인으로서 단전을 파괴당한다는 것. 어쩌면 죽음보다 더한 아픔이라고 할 수 있지. 차라리 죽는 편이 나았을지도 몰라. 지금 그 아이의 가슴속에 얼마나 큰 응어리가 맺혔을까. 만약 가슴에 맺혀 있을 그 응어리조차도 풀어주지 않는다면 부모라고 할 자격이 없지."

"……."

"사도맹의 맹주이기 이전에 나는 그 녀석의 아비다."

"그럼 직접 움직이실 생각입니까?"

다시 던진 질문에 호원상이 단호히 고개를 흔들며 앞에 놓인 술잔을 다시 들이켰다.

"내가 나설 가치조차 없는 놈이다. 그놈의 목만 가져오면 되는 간단한 일이니까. 그래서 이미 조치를 해놓았다."

"조치라면?"

"고루신마를 보냈다."

"강시를 쓰실 생각입니까?"

"고루신마가 사도맹에 몸을 담은 지도 어느덧 삼십 년. 이 제 고루신마가 제조한 강시들도 슬슬 시험해 볼 때가 됐지."

호중천이 고개를 끄덕였다.

조금 전 염혼경과 종리원이 움직인다 하더라도 이미 늦었을 것이라는 이야기에 숨은 의미를 이제야 깨달을 수 있었다.

그들이 그곳에 도착했을 때는 이미 상황은 끝나 있을 것이었다.

고루신마가 강시들을 데리고 움직였으니까 그곳에는 풀뿌리 한 조각조차도 남아 있지 않을 터였다.

그리고 마교의 장로였던 고루신마가 제조한 철강시는 현재 강호에 알려져 있는 일반적인 강시와는 차원이 달랐다.

단순한 강시라고 생각한다면 큰 오산이었다.

죽은 자가 아니라 목숨이 끊어지지 않은 무림인의 몸에 특수한 처리를 하여 만든 것이 바로 철강시였다.

그리고 고루신마의 설명에 의하면 철강시는 특수한 약품을 처리했기 때문에 금강불괴는 물론이고 수화와 도검이 불침할 뿐만 아니라, 살아 있을 당시의 내력과 무공까지 사용할 수 있다고 했다.

하지만 철강시가 다가 아니었다.

철강시가 된 무림인의 내공 수위에 따라서 고루신마는 자신이 개조한 강시의 등급을 세 가지로 나누어 분류했다.

혈강시, 생강시, 철강시로.

"철강시입니까?"

"아니."

"그럼?"

"생강시를 데려가라 했다."

그리고 이번 대답을 듣고는 호중천도 놀란 표정을 감추지 못했다.

"아직 생강시는 완전치 않다고 하지 않으셨습니까?"

"고루신마의 말로는 혈강시는 좀 더 보완이 필요하지만 생강시는 당장 사용해도 될 정도가 되었다고 하더구나. 그리고 넌지시 생강시를 시험해 보고 싶다는 의사도 드러냈다. 생강시 열 구라면 그곳을 쓸어버리고도 남을 것이다."

자신있는 호원상의 이야기.

호중천도 생강시의 무서움에 대해서는 누구보다 잘 알고 있었기에 미미하게 고개를 끄덕였다.

감정은 죽었지만, 지능은 살아 있는 생강시.

그리고 감정이 죽었기에 생강시는 더 무서웠다.

"생강시 열 구라면 지옥을 경험하게 될 것입니다."

호중천의 입가로 차가운 웃음이 스치고 지나갔다.

그리고 그런 그가 조용히 방에서 물러나고 나자 호원상이 태사의에 깊숙이 등을 기대며 술잔을 들었다.

"어떤가?"

또 한 잔의 술을 비운 뒤 그는 아무도 없는 허공으로 질문을 던졌다.

"일공자님은 야심이 큽니다."

아무도 없다고 생각했던 허공에서 흘러나온 대답.

그러나 그 대답이 마음에 들지 않는 듯 호원상이 가볍게 얼굴을 찌푸리며 다시 입을 열었다.

"그것은 두 녀석 모두 마찬가지일세."

"……."

"더구나 야심이 큰 것이 흠은 아니지."

"두 분 모두 힘과 야심을 가지고 있지만 차이는 포용력입니다."

"포용력이라?"

"염 장로와 종리 장로는 이공자님의 소식을 접하자마자 현재 맡고 있던 모든 일들에서 손을 떼고 복수를 위한 일념을 불태우고 있습니다. 만약 일공자님이 같은 상황에 처했다고 한다면 만사를 제쳐 두고 복수를 하려는 자들이 있을까요?"

호원상이 보일 듯 말 듯 고개를 끄덕였다.

지금 흘러나온 이야기에 담긴 의미를 깨닫지 못할 정도로 그가 바보는 아니었다.

"자네는 둘째에게 마음이 기울었군."

"저는 객관적인 입장입니다."

"과연 그럴까?"

"결정은 맹주님의 몫이지요."

호원상의 입가로 희미한 미소가 떠올랐다.

그리고 마음의 결정을 내린 듯 조금은 편안해진 표정으로 그가 입을 뗐다.

"이번 일을 통해서 확실하게 마음의 결정을 내리게 되었으니 오히려 그들에게 고마워해야 하나?"

"맹주님께서 신경 쓸 만한 자들이 아닙니다."

"하긴. 고루신마가 움직였으니 어차피 죽을 자들이로군. 당면한 것은 강호를 두고 벌어지는 싸움이니까."

"……."

"이제 슬슬 때가 되어가는 것 같군. 일계를 실행할 준비는 잘 진행되고 있겠지?"

"계획대로 진행되고 있습니다."

"좋아."

짤막한 한마디를 남긴 호원상이 만족스러운 표정을 지은 채 눈을 감았다.

*   *   *

"보름달이 떴는데 함께 산책이나 하러 갈까?"

얼마나 놀랐는지 사무진은 하마터면 경기를 일으킬 뻔했다.

역시 늙으면 잠이 없어지는 것이 틀림없었다.

아미성녀는 예고도 없이 불쑥 찾아왔다.

그리고 야심한 밤에 갑자기 산책이나 하러 가자고 제안하는 아미성녀를 보며 가슴이 답답해졌다.

구름이 잔뜩 끼어서 언제 비가 쏟아질지 모르는 우중충한 밤하늘이었다.

보름달은커녕 희미한 달빛조차 없었다.

그래도 유가연이나 서옥령이 제안했다면 그냥 한 번 속는 셈치고 별 고민 없이 따라나섰을 것이었다.

곁에서 함께 걷는 것만으로도 나름 즐거울 테니까.

하지만 아무리 생각해도 아미성녀와는 아니었다.

어쩌다 눈만 마주쳐도 마치 체한 것처럼 가슴 어림이 묵직해지는데 즐거울 리가 없었다.

그래도 좋아하는 사내에게 예쁘게 보이고 싶은 여인의 마음은 나이가 아무리 들어도 변하지 않는 걸까.

분을 얼마나 두텁게 발랐는지 귀신처럼 하얀 아미성녀의 얼굴을 바라보며 사무진이 퉁명스럽게 대답했다.

"무공이 강하면 투시력도 생기나 봐요?"

"그건 무슨 소리지?"

"구름 뒤에 숨어 있는 보름달도 볼 수 있는 건가 해서요. 그나저나 둘이서 오붓하게 산책을 즐기기에는 너무 늦은 것 같은데요."

"상관없다."

아미성녀는 무척 적극적이었다.

사무진이 당황할 정도로.

그래서 너무 늦은 시간에 돌아다니다가는 나쁜 마음을 먹고 시비를 거는 뒷골목 건달을 만나서 낭패를 당할지도 모른다는 핑계를 대려다가 그냥 입을 다물었다.

항주 뒷골목의 건달들에게도 기본은 있을 터였다.

아무리 항주의 뒷골목 건달들이 악인이라고 하더라도 할머니를 모시고 산책을 나온 사무진에게까지 시비를 걸 것 같지는 않았다.

더구나 그 할머니가 바로 아미성녀였다.

지금 현재 항주에서 활동하고 있는 뒷골목 건달들이 모조리 몰려온다 해도 눈 하나 꿈쩍하지 않을.

"휴우… 대체 어디로 가고 싶은데요?"

"서호!"

"이 밤중에 서호에 가서 뭘 하려구요?"

"뱃놀이!"

일말의 망설임도 없이 흘러나오는 아미성녀의 대답을 듣고 사무진이 한숨을 내쉬었다.

첫사랑이었던 요선이와도 해본 적이 없던 뱃놀이였다.

그런데 다른 사람도 아닌 아미성녀와 처음으로 뱃놀이를 함께하게 생겼으니 어찌 가슴이 답답하지 않을까.

"여기서 서호까지는 꽤 먼데."

"금방 갈 수 있다."

가고 싶지 않았다.

그래서 다른 핑계를 꺼냈지만 아미성녀에게는 전혀 먹히지 않았다.

"바람이 많이 불어서 배가 뜨지 않을지도 몰라요."

"웃돈을 얹어주면 된다."

"배가 뒤집힐지도 몰라요."

"상관없다."

"뭐가 상관없어요? 물에 빠지면요?"

"내가 구해주마."

"왜 이래요?"

갑자기 아미성녀가 다가왔다.

그리고 사무진이 반항하기도 전에 덥석 끌어안았다.

꼼짝없이 아미성녀의 품 안에 안긴 채, 사무진이 입을 뗐다.

"이거 너무 저돌적이신 것 아니에요?"

"서호까지는 경공을 펼치면 금방이다."

말이 떨어지기 무섭게 아미성녀는 경공을 펼치기 시작했다.

귓가를 스치고 지나가는 바람 소리.

자포자기한 사무진이 눈을 감아버리려 할 때, 아미성녀가 귓가에 속삭였다.

"좋아하는 사람이 생기면 꼭 한 번 해보고 싶었다."

사춘기 소녀처럼 잔뜩 들뜬 아미성녀의 목소리를 듣고서 사무진은 다시 한 번 한숨을 내쉬었다.

잔뜩 찌푸렸던 하늘이 금세 개었다.

언제 그랬냐는 듯 두터운 먹구름은 말끔하게 걷혔고, 휘영청한 보름달이 그 자태를 자랑하고 있었다.

잔잔한 수면 위로 자그마한 물결을 만들어주고 있는 선선한 바람과 그 수면을 부드럽게 어루만지고 있는 달빛.

그리고 어디선가 들려오는 희미한 비파 소리까지.

배 위에 마주 앉아 있는 것이 아미성녀만 아니라면 완벽했을 터였다.

하지만 이미 되돌릴 수 없는 상황이었다.

그래서 사무진은 즐기기로 했다.

아까 저녁을 먹을 때 심 노인이 꺼냈던 말처럼 어차피 아미성녀와는 한 번쯤 진지하게 대화를 나눌 필요가 있다는 생각도 들었고.

"좋아요?"

"이렇게 함께 있으니 꿈을 꾸는 것만 같다."

"저도 이게 꿈이었으면 좋겠네요."

사무진이 빈정거림이 담긴 한마디를 던졌다.

하지만 아미성녀는 전혀 눈치채지 못한 것 같았다.

"이대로 떠날까?"

금방이라도 쏟아질 것 같은 밤하늘의 별들을 올려다보던 아미성녀가 황홀한 표정을 지은 채 이야기를 꺼냈다.

그리고 무심코 대꾸하려던 사무진은 정신이 번쩍 들었다.

"어디로요?"

"우리 둘만이 함께 있을 수 있는 곳으로."

역시 나이는 그냥 먹는 것이 아니었다.

이런 낯뜨거운 고백을 아무렇지도 않게 꺼내는 것만 봐도 알 수 있었다.

'납치를 할지도 몰라.'

잠시라도 틈을 보여서는 안 되겠다는 각오를 다지며 사무진이 단호하게 대답했다.

"난 마교의 교주예요."

"그게 무슨 상관이냐?"

"나를 믿고 따르는 이들을 두고 떠날 수는 없어요. 그건 너무 무책임한 행동이니까요."

다행히 아미성녀는 말은 통했다.

희미하게 고개를 끄덕이는 걸로 봐서.

그것을 확인하고 사무진이 조심스럽게 입을 열었다.

"그래서 말인데……."

"왜 그러지?"

"사실 부탁할 것이 있어요."

"뭐든지 말해라. 네 부탁이라면 목숨이라도 버릴 수 있다. 만약 네가 원하는 것이 그것… 이라면……."

"어라? 왜 갑자기 몸을 배배 꼬고 그래요?"

사무진이 눈살을 찌푸렸다.

갑자기 혼자서 얼굴이 벌게져서는 횡설수설하고 있는 아미성녀를 보니 지금 무슨 생각을 하고 있는지 짐작이 갔다.

"부탁인데 이상한 생각은 삼가주세요."

"……."

"우린 그냥 순수한 관계로 남아요."

어떻게든 참아보려 했지만 자꾸만 한숨이 흘러나오는 것은 어쩔 수가 없었다.

그리고 왠지 모르게 아쉬운 표정을 짓고 있는 아미성녀를 확인하고 사무진이 서둘러 말을 이었다.

"사도맹이 강하다는 것은 알고 있죠?"

"알고 있지."

"솔직하게 말해줘요. 만약 내가 이끄는 마교와 사도맹 사이에 전면전이 벌어진다면 어떻게 될 것 같아요?"

이번 질문에는 아미성녀가 대답을 꺼내지 않았다.

대신 재빨리 고개를 돌렸다.

그리고 사무진은 놓치지 않았다.

아미성녀가 터져 나온 웃음을 가리기 위해 손으로 입을 막는 것을.

하긴 질문을 던진 사무진이 생각해도 한심했다.

답이 너무 빤히 나와 있었으니까.

"물론 마교가 망하겠죠. 그래서 도움이 필요해요."

"너를 위해서라면 언제라도 싸울 준비가 되어 있다."

"그거 말고요."

"그럼?"

"혈마옥에 갈 생각이에요. 그리고 현재 혈마옥에 갇혀 있는 마교의 장로들을 빼낼 생각이에요. 아무리 생각해도 마교가 망하지 않을 방법은 그것밖에 없는 것 같아요. 도와줄래요?"

의외의 제안이어서일까.

조금 전까지만 해도 적극적이던 아미성녀도 쉽게 대답하지 못했다.

갈등하는 듯 흔들리는 눈빛.

그러나 그 갈등은 길지 않았다.

사랑에 빠진 여자는 사랑하는 남자를 위해서 무조건적이고 맹목적으로 변한다는 옛말은 틀리지 않았다.

마침내 결정을 내린 듯 아미성녀가 대답했다.

"혈마옥을 지키고 있는 무림맹의 무인들은 약 일백여 명 정도 된다. 그래도 처음 혈마옥에 마교의 장로들이 갇혔을 때에 비하면 그 수가 많이 줄어든 편이지. 당시에는 오백 명도 넘는 인원이 지키고 있었으니까. 어쨌든 구대문파를 비롯한 각 문파에서 차출되어 나온 자들이 삼 년간 근무한 뒤에 교체되고는 한다. 하지만 그것은 겉으로 드러난 모습일 뿐이다. 실제로는 그곳을 지키는 자들이 더 있다. 모습을 드러낸 적은 없지만 꽤나 실력이 있는 무인들이 서른 명 정도 근처에 머물고 있다는 것을 느낄 수 있었다."

"무림맹의 인물인가요?"

"아니, 사도맹이다."

확신에 찬 아미성녀의 대답을 듣고서 사무진이 머리를 긁적였다.

아미성녀는 누구나 인정하는 고수였다.

그런 그녀가 스스로의 입으로 꽤나 실력이 있는 무인이라고 인정했으니 고수일 것이 틀림없었다.

무림맹의 인물들만도 백 명이 넘는 데다가 아직 정체를 알지 못하는 사도맹 소속의 고수가 서른 명.

처음 생각처럼 간단한 일은 결코 아니라는 느낌이 들었다.

사무진의 예상보다 훨씬 많았다.

'혼자서 모두 감당할 수 있을까?'

확신이 서지 않았다.

그때 아무 말도 없이 서 있는 사무진의 코앞으로 아미성녀가 얼굴을 들이밀었다.

"놀랐잖아요."

"걱정하지 마라. 내가 도와준다고 했으니."

사무진은 아직 아미성녀가 얼마나 강한지 정확히 알지 못했다. 그래서 과연 얼마나 도움이 될지 몰랐다.

하지만 그 진심만은 느껴졌기에 인사했다.

"고맙네요."

"우리 사이에 이 정도로 고맙다는 말을 할 필요는 없다."

그리고 아미성녀가 화답하는 것을 듣고서 사무진이 고개를 푹 수그렸다. 아미성녀가 말하는 우리 사이가 대체 어떤 사이일까.

가뜩이나 복잡하던 사무진의 머릿속이 헝클어졌다.

영원히 끝나지 않을 것 같던 뱃놀이가 끝났다.

실제로 배에 타고 있는 시간은 한 시진도 되지 않았지만 사무진은 꼬박 밤을 샌 것처럼 길게 느껴졌다.

그래서 피로가 몰려왔다.

당장에 침상에 드러눕고 싶을 정도로 피곤했지만 아미성녀는 그런 사무진의 마음을 전혀 헤아려 주지 않았다.

"갈 데가 있다."

"뱃놀이라면 멀미가 날 정도로 충분히 했잖아요."

"다른 곳이다."

"또 어디요?"

"따라와 보면 안다."

아미성녀가 다시 사무진의 소매를 이끌고 앞장섰다.

똥씹은 표정으로 끌려가던 사무진이 걸음을 멈춘 곳은 무룡 객잔이라는 간판이 걸려 있는 객잔 앞이었다.

"술이라도 마실 생각이세요?"

"그것도 괜찮지."

"잘 모르시나 본데 제가 요즘 몸에 좋은 보약을 먹고 있어서 술을 먹으면 안 되거든요."

사무진이 의견을 개진했지만 이번에도 간단히 무시당했을 뿐이었다.

아미성녀는 다가온 점소이에게 자신이 할 말만 했다.

"방을 하나 다오."

"어떤 방으로 드릴까요?"

"용과 봉황이 수놓인 금침이 있는 방!"

짤막한 아미성녀의 대답이 끝나자마자 점소이의 눈빛이 변했다.

"저를 따라오십쇼."

하지만 사무진은 점소이의 눈빛이 변한 것까지 신경 쓸 여유가 없었다.

아미성녀가 이끄는 대로 끌려가다 보니 정신이 들었다.

"방은 왜 얻어요?"

"객잔이니까."

"설마 여기서 자고 갈 건 아니죠?"

"안 될 이유가 있나?"

"혹시 금침에 그려져 있는 용이 저고 봉황이 선배님이신가요?"

"좋을 대로 생각해라."

아무래도 이건 아니라는 판단이 들었다.

꽃과 나비가 그려져 있든 용과 봉황이 그려져 있든 금침은 신혼부부에게나 어울리는 물건이었다.

우린 이런 관계가 아니라고 강력하게 한마디를 던지려 하던 사무진은 뭔가 이상함을 느끼고 고개를 갸웃했다.

앞장서서 움직이고 있는 점소이가 아미성녀와 사무진을 이끌고 간 곳은 금침이 깔려 있는 방이 아니었다.

객잔의 뒷문을 통해서 빠져나온 점소이가 걸음을 멈춘 곳은 금방이라도 무너져 버릴 것처럼 초라한 초가집 앞에서였다.

"그럼 좋은 시간 보내세요."

좋은 시간을 보내라니. 대체 의미를 알 수 없는 망측스런 말을 남기고 재빨리 사라지는 점소이를 사무진이 째려보며 주먹을 날리려 했지만 점소이는 번개같이 사라졌다.

그리고 그때, 눈이 쫙 찢어진 중년의 사내가 초가집 안에서 모습을 드러냈다.

양쪽 뺨이 축 늘어진 것이 한눈에 봐도 욕심이 많아 보이는 사내.

통명스러워 보이는 외모와 달리 중년 사내는 아미성녀를 확인하자마자 구십 도로 고개를 숙였다.

그러나 어딘가 불안해하는 표정까지는 감추지 못했다.

"이게 얼마 만입니까?"

"정확히 삼십일 년 만이지."

"다시 뵙게 되어 영광입니다. 그런데 미리 연락도 주시지 않고 어쩐 일로 이곳을 찾으셨습니까?"

입으로는 다시 뵙게 돼서 영광이라는 말을 꺼내고 있었지만 중년 사내의 표정은 그와 반대였다.

수심이 가득한 표정을 짓고 있는 중년 사내를 바라보던 아미성녀가 안심시켜 주려는 듯 한마디를 건넸다.

"긴장할 필요 없다. 뭘 좀 사려고 찾아온 것일 뿐이니까."

"그렇다면 어서 안으로 드시지요."

사내의 표정이 눈에 띄게 밝아졌다.

그리고 중년 사내의 뒤를 따르는 아미성녀의 곁에서 걷고 있던 사무진이 호기심을 참지 못하고 물었다.

"금침이 깔린 방이 있기에는 너무 누추한데."

"그런 곳이 아니다."

"그럼 여기는 어떤 곳인데요?"

"암상이다."

"암상요?"

"쉽게 말해 장물을 취급하는 곳이지."

아미성녀의 설명을 듣고서 고개를 끄덕였다.

자세히는 몰랐지만 아까 아미성녀와 점소이가 주고받던 금침 이야기는 일종의 암호였던 듯 보였다.

하지만 사무진은 또 다른 의문이 생겼다.

정파 무림의 기둥이라 불리는 구대문파 중 아미파의 전설이라고까지 알려진 아미성녀가 어떻게 암상을 알고 있는가 하는.

그러나 그 의문도 곧 풀렸다.

"한때 강호에 있는 암상을 모조리 뒤졌던 적이 있다. 아미파의 신물이 사라진 적이 있었거든."

"그래서 찾았어요?"

"바로 여기서 찾았다."

"그럼 오늘은 여기 왜 온 거예요? 혹시 아미파의 신물이 또 사라졌어요?"

아미성녀가 사무진을 향해 고개를 돌리며 대답했다.

"네게 선물을 해주려고."

금방 허물어질 것 같았던 외관과 달리 초가집의 지하로 계단을 통해 내려가자 무척이나 넓은 공간이 드러났다.

그 공간을 가득 메우고 있는 수많은 물건들.

사무진과 아미성녀보다 먼저 지하로 내려간 중년 사내가 몇 가지 물건을 품속으로 서둘러 감추는 것이 보였다.

황금 불상, 녹색으로 보이는 오래된 불장, 자그마한 목탁 등등.

주변을 휘휘 둘러보느라 느지막이 지하 공간으로 들어선 사무진도 보았으니 아미성녀가 보지 못했을 리가 없었다.

하지만 아미성녀는 그에 관해 아무 말도 꺼내지 않았다.

대신 사무진에게 말했다.

"갖고 싶은 것을 골라라."

"뭐든지요?"

"뭐든지."

보기와 달리 아미성녀는 통이 컸다.

그리고 사무진도 생애 처음 와보는 암상에 호기심을 감추지 못하고 두리번거리기 시작했다.

그런 사무진이 눈을 빛낸 것은 숟가락을 보고 나서였다.

그래서 사무진이 누런 금숟가락 앞으로 다가가 쭈그리고 앉았다.

그 금숟가락을 들고서 이리저리 살피고 있을 때 중년 사내가 사무진의 곁으로 슬그머니 다가왔다.

"순금이네."

"깨물어 볼까요?"

"그래도 상관없지만 그것보단 이게 좋네."

중년 사내가 내민 것은 옥으로 만든 숟가락.

하지만 자고로 옥보다는 금이었다.

'뭐니 뭐니 해도 금이 최고다' 라는 것이 사무진의 지론이었다.

그래서 사무진이 영 믿기지 않는다는 표정을 짓자 중년 사내가 재빨리 부연 설명을 덧붙였다.

"천하제일미녀라 알려진 서옥령이 사용하던 숟가락일세."

"그걸 어떻게 구했어요?"

"자넨 여기 처음이로군."

"그건 또 어떻게 알았어요?"

"원래 이곳에서는 그런 질문을 안 하는 법이거든."

"아, 장물이니까."

"쉿. 어디 가서 그런 소리 함부로 하지 말게."

"뭐, 원하신다면 그러죠."

"그리고 그딴 것이 뭐가 중요한가? 중요한 것은 이게 요화 서옥령이 직접 사용하던 숟가락이라는 점이지. 아마 이걸로 먹으면 밥맛이 두 배는 있을 걸세."

"변태."

짧막한 대꾸에 중년 사내가 인상을 찡그릴 때, 사무진이 이번에는 검들이 진열되어 있는 곳으로 다가갔다.

그리고 휘황한 빛을 자랑하며 벽에 진열되어 있는 수많은 검들 중 하나의 검이 사무진의 시선을 사로잡았다.

검신에 새겨진 용은 마치 금방이라도 하늘로 날아갈 것처럼 정교했다.

더구나 검날의 근처로 손만 가져가도 베일 듯한 예기와 섬 뜩하면서도 고혹적인 기운을 흘리고 있었다.

그래서 사무진이 관심을 드러낼 때, 어느새 다가온 중년 사내가 고개를 끄덕였다.

"자네 물건을 보는 눈이 있군."

"좋은 건가요?"

"이게 그 유명한 역린검일세."

"역린검요?"

"바로 마교의 장로였던 검마의 애병이었지."

사무진이 눈을 빛냈다.

검마 노인의 애병이었다는 설명을 듣고 나니 더 좋아 보였 다.

"이건 얼마나 해요?"

"좀 비싸긴 한데… 그전에 하나만 물어도 되겠나?"

"뭔데요?"

"아미성녀님과는 어떤 사이인가?"

등을 돌리고 있는 아미성녀의 눈치를 힐끗 살핀 뒤 중년 사내가 던진 질문에 사무진이 난처한 표정을 지었다.

그리고 잠시 고민한 끝에 대답했다.

"같은 곳을 바라보는 사이라고 하면 될까요."

"같은 곳을 바라본다?"

"마치 친조손 같은 사이죠. 그러니까 저한테 사기 칠 생각은 안 하는 것이 좋을 거예요."

"그런가?"

중년 사내의 표정이 금세 어두워졌다.

그에 아랑곳하지 않고 사무진이 역린검을 살피고 있을 때, 아미성녀가 뭔가를 들고 그의 곁으로 다가왔다.

길쭉한 묵빛 쇠막대기.

먼지가 가득 묻어 있는 것으로 보아서 어디 구석에 오랜 시간 동안 틀어박혀 있는 것을 주워온 것이 틀림없었다.

그리고 아미성녀가 들고 온 것을 보고서 중년 사내의 얼굴에도 안도의 표정이 어리는 것으로 보아 대단한 물건은 아닌 듯했다.

"받아라."

'대체 저건 왜 들고 오는 걸까' 하는 표정을 짓고 있는 사무진에게 아미성녀가 그 묵빛 쇠막대기를 내밀었다.

엉겁결에 그 쇠막대기를 받아 든 사무진이 묻어 있는 먼지를 툭툭 털어내며 심드렁한 표정으로 물었다.

"이게 뭔데요?"

"자운묵창."

"창이라고요?"

설명을 듣다 보니 이상했다. 창이라면 창두가 있어야 했다.

하지만 아무리 살펴도 창두는커녕 날카로운 부분도 보이

지 않는 단순한 쇠막대기에 불과했다.

"혈영마존(血影魔尊)의 애병(愛兵)이었지."

"혈영마존이 누군데요?"

그래서 따지려던 사무진이 다시 고개를 기울였다.

처음 들어보는 별호였다.

물론 대단한 인물일 거라는 짐작은 갔다.

혈영마존이라는 별호를 듣자마자 중년 사내의 안색이 금세 창백하게 변하는 것으로 모자라 뒤로 주춤거리며 물러나는 것으로 봐서.

"백 년 전, 강호 제일의 고수였지. 그리고 네 스승이기도 하고."

그리고 아미성녀의 이어진 말을 듣고서 사무진의 머릿속으로 무명 노인의 얼굴이 스치고 지나갔다.

第二章
자운묵창(紫雲墨創)

荷蘇乳蒸煎棄湯細腸其福佑年于王姓
至大改元四月佛浴道音廣爲傳行道
日弟子趙孟頫敬書長座前尋
老君濱此真妙住竜正

共同
傳人
공동전인

혈영마존은 아무래도 무명 노인이 강호에 활동하던 당시의 별호인 듯했다.

그리고 사무진의 예상대로 무명 노인은 대단한 고수였다.

"자운묵창을 휘두르는 그의 앞에서 오초식 이상을 버틴 자는 없었다고 한다. 한 시대를 풍미했던 절대자였지."

우우웅.

사무진에게서 자운묵창을 건네받은 아미성녀가 눈을 감고 내력을 더하자 자운묵창이 떨리기 시작했다.

챙.

그리고 한순간, 날카로운 소성과 함께 쇠막대기의 한쪽 끝에서 예기가 번뜩이는 창두가 튀어나왔다.

놀란 표정을 감추지 못한 채 바라보고 있던 사무진이 만족스런 얼굴이 되었다.

"이제야 창 같네요."

"받아라."

"받기는 하는데 이걸 왜 내게 주는 거예요?"

먼지가 사라진 뒤 신병이기다운 면모를 드러내는 자운묵창을 조심스레 받아 들며 사무진이 질문을 던졌다.

그러자 아미성녀가 다정한 목소리로 대답했다.

"지금 내가 네게 줄 수 있는 것이 이것뿐이니까."

"그냥 숟가락도 괜찮은데."

"네가 좀 더 멋있었으면 좋겠다. 너는 내가 좋아하는 남자니까."

시도 때도 없이 자신의 마음을 고백하는 아미성녀였다.

그렇지만 고마운 마음이 드는 것은 사실이었다.

그리고 자운묵창은 사무진의 마음에 쏙 들었다.

"고마워요."

"아까도 말했지만 우리 사이에 고마워할 필요는 없다."

우리 사이라는 말이 또 한 번 마음에 걸렸지만 이번에는 그냥 넘어가기로 했다.

좋은 선물을 받았으니까.

그리고 사무진 못지않게 '우리 사이' 라는 말에 담긴 의미에 대해서 호기심을 드러내고 있던 중년 사내는 곧 본연의 임무로 돌아갔다.

"필요하신 물건은 다 고르셨습니까?"

"그래."

"계산은 어느 분이?"

"내가 한다."

"보자. 역린검과 자운묵창이니까 전부 은자 이만 냥입니다."

"얼마?"

"은자 이만 냥. 아시죠? 다른 분도 아니고 아미성녀님이니까 정말 눈물을 머금고 싸게 드리는 겁니다. 저로서는 손해 보는 겁니다."

중년 사내는 나름 필사적이었다.

그리고 장사치들이 물건을 팔아먹을 때마다 꺼내는 이야기들을 줄줄 늘어놓으며 진짜 하고 싶어하던 말을 마침내 꺼냈다.

"절대 한 푼도 깎아드릴 수 없습니다."

하지만 아미성녀에게 그만한 돈이 있을 리가 없었다.

그래서 대체 어떻게 계산할까에 대해 사무진이 궁금해할 때, 아미성녀가 슬쩍 고개를 돌렸다.

"먼저 나가 있어라."

그 말에 고개를 끄덕이고 나가는 척하며 슬쩍 귀를 기울였다.

그리고 그런 사무진의 귀에 아미성녀와 중년 사내 사이의 대화 소리가 들려왔다.

"돈은 없다."

"그럼?"

"나중에 돈이 생기면 주지."

"하지만……."

"나를 못 믿나?"

"그건 아니지만 저희 가게는 현금 거래만 합니다. 외상은 받지 않는다는 것이 원칙이지요. 더구나 아미성녀님께서는 세수가 있으니 언제 돌아가실지 알 수도 없고……."

주절주절 늘어놓는 중년 사내의 절박한 이야기.

하지만 아미성녀는 그 말을 끝까지 들어줄 생각이 없는 듯했다.

"가슴속에 숨기고 있는 것. 개방 방주와 소림의 장문인에게 여기 있다고 말해도 상관없나?"

"그건……."

"나중에 준다니까."

"휴우, 그냥 가시죠."

명문정파로 알려진 아미파의 고수인 아미성녀도 협박을 할 줄 알았다.

그것도 무척이나 능숙하게.

중년 사내의 입에서 탄식처럼 긴 한숨이 흘러나오는 것을 들으며 사무진은 다시 한 번 깨달았다.

역시 사랑에 빠진 여자는 무섭다는 것을.

하지만 아직 끝이 아니었다.

그냥 가라는 중년 사내의 말이 흘러나왔음에도 불구하고 전혀 움직이지 않았다.

"내놓게."

"또 무엇을 말씀하시는 겁니까?"

"녹옥불장(綠玉佛杖)."

"……?"

"내가 주인에게 돌려주지."

결국 중년 사내의 얼굴이 울상으로 변했다.

아미성녀는 정말 잠이 없었다.

자정이 훌쩍 넘어 인시가 다 되도록 돌아가지 않고 사무진의 방에 머물렀다.

밤새 같이 있겠다고 고집을 부리던 아미성녀를 간신히 설득해서 그녀의 방으로 돌려보내고 새벽녘이 되어서야 겨우 잠이 들었던 사무진은 뭔가가 뺨을 자꾸 간질이는 느낌을 받고서 억지로 눈을 떴다.

정신이 들자마자 코끝에 전해지는 향긋한 내음.

그리고 왼쪽 팔이 묵직한 느낌이 들어 고개를 든 사무진의 눈에 보이는 것은 품에 안겨 있는 유가연이었다.

사무진의 왼팔을 배게 삼아 커다란 눈을 동그랗게 뜨고 올려다보고 있는 유가연을 확인하고 사무진은 화들짝 놀랐다.

"너 뭐야?"

"조금만 더 이러고 있자."

유가연의 자그마한 머리가 올려져 있는 왼팔을 서둘러 빼려 할 때, 유가연이 콧소리를 내며 투정을 부렸다.

그리고 차마 매정하게 팔을 빼지 못한 사무진이 한숨을 내쉬었다.

"뭔가 착각하는가 본데 여기는 내 방이야."

"알아."

"그런데?"

"아저씨 품에서 잠들고 싶어서."

"우리 아직 혼인도 안 했다."

"왜 이래? 아저씨도 좋으면서."

역시 유가연은 강적이었다.

사무진이 타이르듯 말했지만 눈도 꿈쩍하지 않았다.

그리고 사무진의 품속으로 오히려 더 깊이 파고들었다.

"아저씨 냄새 좋다."

"무슨 냄새인데?"

"홀아비 냄새."

"저리 안 가?"

"알았어, 농담이야. 그냥 아저씨 품에 안겨 있으니까 따뜻해서 기분이 좋아져. 그러니까 우리 이러고 조금만 더 있자."

차마 모질게 밀어낼 수는 없었다.

그래서 사무진이 손을 빼내 유가연의 머리카락을 쓰다듬고 있을 때, 그녀가 다시 말을 잇기 시작했다.

"아빠한테 물어봤는데, 가슴 커지는 무공은 없대."

"그래?"

"응."

"부녀 사이에 나누기에는 적당치 않은 주제 같은데."

"괜찮아. 우리 아빠는 개방적인 분이니까."

"……."

"그리고 그때는 그만큼 절실했으니까. 아저씨, 그래서 하는 말인데 가슴 작은 여자도 좋아?"

어떻게 대답해야 할까?

마땅히 대답할 말을 찾지 못해 사무진이 망설이자 유가연은 금세 자기 주관적인 결론을 내렸다.

"별로 상관없구나. 하긴 난 가슴이 작은 대신 얼굴이 예쁘잖아."

"예쁜 게 아니라 귀여운 거라니까."

결국 사무진은 쓴웃음을 짓고 말았다.

더 무슨 말을 할까.

유가연은 꾸밈없는 성격만으로도 충분히 사랑받을 자격이
있는 여자였다.

가슴이 작다는 것은 앞으로 살아가면서 큰 문제가 될 수도
있겠지만 지금 이 순간만큼은 큰 흠으로 느껴지지 않았다.

"진짜 안 돌아갈 거야?"

한참 만에야 사무진이 질문을 던졌다.

그리고 그 질문을 듣고서 유가연이 사무진의 품속에 묻고
있던 고개를 들었다.

"왜? 갔으면 좋겠어?"

"그건 아니지만……."

"그런데 왜 물어?"

"네 아버지가 걱정할 테니까. 또 여기는 무척 위험하니
까."

"흥!"

조곤조곤 설명해 주었지만 유가연은 금세 토라졌다.

"아저씨, 솔직히 말해봐!"

"뭘?"

"내가 여기 있는 게 부담스럽구나."

고개를 들고서 뚫어져라 바라보고 있는 유가연의 시선을
마주하고 있던 사무진이 먼저 피했다.

그리고 다시 쓴웃음을 지었다.

철부지라고만 생각했는데 아니었다.

아마 지난번 마성장에서 그 일을 겪고 난 후 유가연은 깨달은 듯 보였다.

자신이 무림맹주의 딸이라는 사실이 갖는 의미를.

그 모습이 한편으로 대견스러웠지만 다른 한편으로는 마음에 들지 않았다.

유가연은 아무 근심 없이 밝은 표정일 때 가장 예뻤으니까.

그리고 사무진은 유가연이 언제까지나 밝은 모습으로 남았으면 좋겠다는 생각이 들었다.

"잊었어?"

"뭘?"

"여기는 마교야. 그리고 나는 마교의 교주지."

"……?"

"어느 누가 와도 겁나지 않는다는 뜻이야. 그리고 전에 약속했잖아. 내가 지켜준다고."

"진짜지?"

"그럼."

환하게 웃고 있는 유가연의 얼굴.

역시 유가연에게는 이렇게 환하게 웃는 모습이 어울린다는 생각을 할 때, 갑자기 그녀의 얼굴이 다가왔다.

"왜 이래?"

"가만있어 봐!"

부드럽고 달콤한 느낌.

그 달콤한 향기에 취해서 사무진은 하려던 말도 마치지 못했다.

정신을 차릴 수가 없었다.

그리고 유가연의 입술이 떨어지자 아쉬움이 밀려왔다.

"이거 너무 빠른 거 아냐?"

뺨이 붉게 달아올라 있는 유가연을 보던 사무진이 무안한 마음에 한마디를 던지자 그녀가 입술을 삐죽였다.

"촌스럽게."

"이래도 괜찮을까?"

"뭐가?"

"정마대전 일어날까 봐 겁이 나서."

"걱정하지 마. 아빠가 안 한다고 했으니까."

유가연은 역시 대담했다.

그리고 한마디를 덧붙였다.

"사실 좀 불안해."

"뭐가?"

"이건 여자의 직감인데. 아저씨는 너무 잘생겨서 불안해."

사무진은 울컥했다.

이건 뭐랄까.

돌아가신 어머니에게서도 한 번도 들어보지 못했던 격찬이었다.

하지만 기분이 좋지만은 않았다.

"뭔 소리야?"

"아미성녀님의 눈빛이 심상치 않아. 아무래도 아저씨를 좋아하는 것 같아."

철부지라고만 생각했더니 유가연은 눈치도 있었다.

사무진을 향해 있는 아미성녀의 뜨거운 마음까지 알아챈 것을 보니.

"잊지 마. 아미성녀님의 세수는 아흔이야."

"전에 네가 그랬잖아. 사랑은 국경도, 나이도 초월하는 거라고."

"그것도 어지간해야 말이지. 설마 나보다 아미성녀님이 좋은 건 아니겠지?"

불안한 표정으로 질문을 던지는 유가연은 귀여웠다.

하지만 이번 질문은 대답할 가치도 없었다.

왼팔 위에 올라와 있는 유가연의 머리를 들어 올리고 기지개를 펴며 사무진이 대꾸했다.

"눈곱이나 떼라!"

"오늘 돌아갈 생각이다."

차를 마시던 서붕이 입을 열었다.

강호에 마교의 재건을 알리는 개파식이 끝났으니 서붕이 무림맹으로 돌아가는 것은 당연한 수순이었다.

하지만 마주 앉아서 차를 마시던 유가연은 고개를 흔들었다.

"전 안 돌아갈래요."

"돌아가지 않는다니 그게 무슨 소리냐?"

"말 그대로예요. 아빠한테도 미리 얘기해 두었으니까 아실 거예요."

유가연은 마치 당연하다는 듯이 이야기를 꺼냈지만 서봉은 말도 안 되는 소리라는 듯 언성을 높였다.

"그런 얘기는 들은 적이 없다."

"아빠가 요즘 건망증이 점점 심해지고 있어서 깜빡했나 보네요. 그래서 미처 서 당주님에게까지 말하지 못했을 거예요."

"아니, 맹주님의 명령은 들었다. 그리고 내가 들은 명령은 개파식이 끝나는 대로 너와 함께 돌아오라는 것이었다."

어느 누구보다 원칙과 규율을 중시한다고 알려진 서봉이었다.

단호하게 입을 여는 서봉의 표정에는 어떤 변명도 들어주지 않겠다는 고집이 배어 있었다.

하지만 유가연도 고집 하나는 누구에게도 뒤지지 않았다.

"저는 안 간다니까요."

"고집을 피운다고 해서 달라지는 것은 없다. 억지로 끌고

라도 갈 생각이니까. 그렇게까지는 하고 싶지 않으니 이쯤에
서 그만 고집을 꺾어라."

"맘대로 하세요. 전 이미 아빠한테 허락을 받았고 여기에
서 한 발자국도 떼지 않을 생각이에요."

팽팽한 대치.

고집을 꺾을 생각이 전혀 없는 유가연을 바라보던 서붕이
어쩔 수 없이 도움을 요청하기 위해 서옥령에게로 시선을 돌
렸다.

"네가 설득하거라."

그리고 서붕이 자신의 딸에게 유가연의 마음을 돌려달라
고 부탁했지만, 서옥령은 그의 기대를 저버렸다.

"저도 돌아가지 않겠습니다."

전혀 예상치 못한 서옥령의 이야기를 듣고서 서붕의 안색
이 변했다.

"그게 대체 무슨 소리냐?"

"들으신 그대로입니다. 저도 한동안 이곳에 머물 생각입니
다."

"이유는?"

"관심이 가는 사람이 생겼습니다."

"관심이 가는 사람?"

서붕이 입술을 깨물었다.

무릇 어느 부모에게 있어서나 자식이란 천금을 준다 해도

바꿀 수 없을 만큼 소중하겠지만 서붕에게 있어 서옥령은 특히 더 소중했다.

게다가 서옥령은 단 한 번도 그의 뜻을 반한 적이 없는 아이였다.

그런데 오늘 처음으로 그의 뜻에 반하고 있었다.

그리고 관심이 가는 사람이 있다고 말했다.

좋아하는 사람이 생겼다고 말하지 않고 관심이 가는 사람이 있다는 식으로 완곡하게 표현했지만 서붕도 눈치가 있었다.

서옥령이 요 근래 들어 조금 변했다는 것은 알아채고 있었다.

이전에는 한 번도 그런 적이 없었는데 최근에는 멍하게 넋을 놓고 있는 경우가 한두 번이 아니었으니까.

그리고 그 이유에 대해서도 조금은 짐작하고 있었다.

언젠가 자신의 생명을 구해주었다면서 사무진에 대해서 이야기를 꺼내던 서옥령의 열성적인 모습은 이전에는 한 번도 보지 못한 모습이었으니까.

"내 생각에는 변함이 없다. 네가 마음을 접어라."

"죄송하지만 저도 그럴 수는 없습니다."

서붕과 서옥령의 시선이 허공에서 부딪쳤다.

그리고 먼저 고개를 돌린 것은 서붕이었다.

"결국 강제로 끌고 가야겠구나."

서붕의 표정이 변했다.

뭔가를 느낀 듯 서옥령과 유가연도 주춤하며 뒤로 물러났지만 무공 수위의 차이는 현격했다.

서옥령과 유가연의 신형은 금세 딱딱하게 굳어졌다.

"왜 이래……?"

마혈을 짚힌 유가연이 소리를 지르려 했지만 서붕은 그 틈을 주지 않고 아혈까지도 짚어버렸다.

"나는 맹주님의 명령을 이행했을 뿐이다. 수혈을 짚어둘 테니 한숨 푹 자고 일어나면 무림맹으로 돌아가 있을 것이다."

"……."

"……."

"그곳이 너희들이 있어야 할 장소니까."

그 말을 남긴 서붕이 굳은 표정으로 사무진을 만나기 위해 움직였다.

"아침부터 웬일이에요?"

"물어볼 것이 있다."

더벅머리를 긁적이며 눈곱을 떼고 있는 사무진을 노려보고 있는 서붕의 눈초리는 매서웠다.

눈을 부라리고 있는 서붕에게서는 은연중에 살기까지 흘러나오고 있었지만, 사무진은 눈도 꿈쩍하지 않았다.

희대의 살인마들과 함께 살며 살기에는 이골이 난 사무진인만큼 이 정도 살기쯤은 간지러운 수준이었다.

"뭔데요?"

"옥령이에게 무슨 짓을 했지?"

"아무 짓도 안 했는데요."

사무진이 심드렁하게 대답했다.

어제 하루 종일 아미성녀에게 시달린 사무진이었다.

아미성녀만으로도 머리가 복잡해 죽겠는데 왜 뜬금없이 서옥령에 대한 이야기를 꺼내는지 이해가 가지 않았다.

"다시 한 번 묻겠다. 그리고 이번이 마지막 기회다. 솔직히 말하지 않는다면 죽일지도 모른다."

아까부터 움켜쥐고 있는 서붕의 주먹이 파르르 떨리는 것이 보였다.

하지만 사무진도 기분이 언짢기는 마찬가지였다.

그리고 파르르 떨리고 있는 서붕의 주먹도 별로 겁나지 않았고.

"약이라도 먹였다는 거예요?"

"역시 약이었군. 약이 아니라면 옥령이가 네놈 따위에게 관심을 가질 리가 없지."

슬슬 짜증이 났다.

서붕도 일춘이 놈과 마찬가지로 약을 사용한 것이 아니냐는 말도 안 되는 의심을 품고 있었다.

"왜요? 춘약이라도 먹었을까 봐서요?"

"그건……"

"요즘 춘약은 구하기가 쉽지가 않아요. 별로 구할 생각도 없고."

"그렇다면 대체 뭐란 말이냐?"

"내가 잘생겨서 관심이 생겼을 수도 있죠."

서붕은 성격이 급했다.

사무진의 말이 떨어지기 무섭게 지금껏 참고 참았던 일권을 날렸다.

부우웅.

무시무시한 기세로 다가오는 서붕의 일권.

권왕이라는 별호는 그저 얻은 것이 아니었다.

사무진도 예고도 없이 날아들고 있는 그 일권을 경시하지 못하고 재빨리 파환수라권을 펼쳤다.

퍼엉.

서붕의 일권과 사무진의 일권이 부딪치며 폭음이 터져 나왔다.

그리고 그 직후 서붕의 얼굴이 일그러졌다.

폭발의 여파로 인해 서붕은 한 걸음, 사무진은 두 걸음을 뒤로 물러났다.

겉으로 드러난 것만 봐서는 서붕이 이득을 본 셈이었지만, 조금 전의 상황을 좀 더 자세히 들여다보면 그렇지만도 않았다.

서붕이 펼친 일권은 예고도 없이 펼친 기습이었다.

그리고 사무진은 공격이 다가온다는 사실을 깨닫고 뒤늦게 일권을 펼쳤음에도 불구하고 거의 손해를 보지 않았다.

다시 한 번 일권을 날릴까 고민하던 서붕이 결국 팔을 내렸다.

호중경과 대결하는 것을 통해 사무진의 실력에 대해서는 서붕도 잘 알고 있었다.

기습마저 통하지 않은 이상 다시 공격을 펼친다 하더라도 우세를 점할 수 있다는 자신이 없었다.

"이번은 경고였다."

"경고치고는 너무 약하네요."

"흥, 내 딸에게서 관심을 끊어라. 만약 그렇지 않다면 이쯤에서 끝나지 않을 것이다."

열변을 토해내고 있는 서붕을 물끄러미 바라보던 사무진이 짜증 섞인 목소리로 대꾸했다.

"뭔가 착각하는가 본데……."

"……?"

"난 서 소저한데 요만큼도 관심없거든요. 그러니까 괜히 나한테 이러지 말고 서 소저한테 말하는 편이 빠를 거예요."

'그것 아니라도 머리가 아파 죽겠구만' 이라는 말을 중얼거리며 머리를 긁적이고 있는 사무진을 보던 서붕은 혼란스러웠다.

지금 사무진이 꺼낸 말.

진심이 전해졌다.

당연히 천하제일미녀라고 불리는 자신의 딸에게 반했을 거라고 생각했는데, 이번에는 그 생각이 빗나간 것 같았다.

"왜지?"

"글쎄요. 뭐랄까? 명색이 천하미일인데 못생겼다는 말은 실례일 거고 내 취향이 아니라고 하면 설명이 되려나."

"하지만……."

"돌아가신 아버지의 유언이었어요. 무슨 일이 있어도 얼굴 예쁜 여자와는 결혼하지 말라고 그러셨지요."

아까 사무진이 꺼낸 변명은 이해가 가지 않았지만 아버지의 유언이었다는 이번 말은 어느 정도 이해가 갔다.

그럴 수도 있다는 생각도 했고.

그래서 서붕은 더는 아무 말도 하지 못하고 돌아섰다.

그리고 서붕이 방문을 열고 나간 후에 사무진이 한마디를 덧붙였다.

"오는 여자 억지로 막지 말라는 말도 아버님의 유언이긴 했죠."

서문유의 눈빛이 가라앉았다.

마주 앉아 차를 마시고 있는 서붕의 안색이 좋지 않았다.

비록 자주 만나지는 못했지만 그 정도는 알 수 있었다.

피로 이어진 사이였으니까.

그리고 서문유는 서붕이 조금 전 사무진을 만나고 돌아왔다는 것도 알고 있었다.

아무래도 사무진과 만난 후, 기분이 상한 것이라는 짐작이 들었다.

"무슨 일이십니까?"

"네게 부탁이 있다."

"말씀하십시오."

"옥령이에게는 이미 내가 마음속으로 정해둔 혼처가 있다. 내가 무슨 말을 하고 싶은지 알겠지?"

심각한 표정으로 서붕이 꺼내는 이야기.

서문유도 눈치는 있었다.

오랜 시간 곁에서 지켜봐 왔던 이복 여동생인 서옥령이 조금 변했다는 것은 그도 느끼고 있었다.

그리고 그 이유가 사무진 때문이라는 것도.

물론 이해가 가지 않는 면이 많았다.

그동안 접근했던 가문과 외모, 그리고 재력까지 갖춘 수많은 남자들에게는 눈길 한 번 주지 않던 서옥령이 하필 사무진에게 관심을 보이는가 하는 것은.

사실 조건만으로 따지자면 사무진은 최악이라고 할 수 있었다.

송옥이나 반안을 뺨칠 정도의 미남은커녕 추남을 간신히 면한 그저 그런 외모에, 눈썹까지 붉은 것이 촌스럽기 그지없었다.

더구나 언제든지 강호의 공적으로 몰릴 수 있는 힘없는 마교의 교주라는 불안한 위치였다.

아무리 생각해도 서옥령이 사무진에게 관심을 보이는 것은 이해가 가지 않는 면이 많았다.

하지만 남녀 간의 애정 문제는 함부로 재단할 수 있는 것이 아니었기에 그럴 수도 있겠구나 하고 생각했을 뿐이었다.

"나는 옥령이가 행복하기를 바란다."

"……."

"그러기 위해서 옥령이는 내가 정해두었던 혼처로 가야 한다. 너도 그것은 충분히 알고 있겠지?"

확신에 찬 서붕의 목소리.

"저는 모르겠습니다."

상념에 잠겨 있던 서문유가 한참 만에야 입을 뗐다.

그리고 그 대답을 듣고서 서붕의 얼굴에 노기가 어렸다.

"무엇을 모른단 말이냐?"

서슬 퍼런 기세.

움켜쥔 주먹으로 탁자를 내려치며 서붕이 언성을 높였지만 서문유는 흔들리지 않고 하고자 했던 말을 꺼냈다.

"옥령이에게도 자신의 인생이 있습니다."

"뭐야?"

"자신의 인생을 잃어버리고 살아가는 사람은 저 하나로 충분하지 않습니까?"

분을 참지 못하고 서봉이 휘두른 손이 코앞으로 다가오고 있었지만 서문유는 피할 생각도 하지 않았다.

어릴 적부터 서옥령은 예뻤다.

먼발치에서 지켜본 것이 다였지만 그것으로도 기뻤다.

저렇게 예쁜 서옥령이 동생이라는 사실이.

친구도 없이 늘 혼자서 놀고 있는 서옥령의 곁으로 다가가서 함께 놀아주고 싶었지만 그래서는 안 된다는 것을 서문유도 알았다.

"원래는 너를 죽일 생각이었다."

입버릇처럼 꺼내던 아버지의 이야기.

솔직히 말하면 아버지의 존재에 대해서 알게 된 것도 열 살이 지나서였다.

그리고 출생의 비밀을 알게 된 것도 그 무렵이었다.

기녀에게서 태어난 아이.

원래는 죽일 생각이었던 자식.

그럼에도 불구하고 죽이지 않고 이렇게 살려준 것에 대해 감사하라는 그 말은 귀에 못이 박히도록 들었다.

더불어 네가 살아야 할 이유는 하나뿐이라는 말도.

충격을 받지 않았다면 거짓말이었다.

그 당시의 서문유는 어렸다.

같은 말을 하더라도 조금 더 자란 후에, 알아듣기 쉽게 설명해 주었다면 그 충격을 조금은 덜 수 있었을 텐데.

영문도 모르고 밥을 먹었고, 이유도 모르고 무공을 익혔다.

그때는 세상에서 가장 불행하다고 생각했다.

하지만 자신 못지않게 불행한 사람이 한 명 더 있었다.

그것도 얼마 떨어지지 않은 곳에.

모든 이의 주목을 받으며 행복해 보이는 서옥령이었지만, 그건 겉으로 보이는 모습일 뿐이었다.

서옥령의 곁에는 아무도 없었다.

그리고 그녀의 인생도 없었다.

모든 것은 서붕의 뜻대로 흘러갔을 뿐이었다.

"내가 마음대로 할 수 있는 게 과연 있을까요?"

얼마 전, 서옥령이 던졌던 그 질문에 그는 결국 아무 대답도 해주지 못했다.

하지만 마음속으로 응원했다.

자신의 인생을 잃어버려 불행한 것은 그 혼자로도 충분했으니까.

철썩 소리와 함께 고개가 돌아갔다.

"아까도 말했지만 옥령이는 정해진 혼처가 있다. 그리고 그와 결혼해야만 옥령이는 행복해질 수 있다."

아픔을 느끼기도 전에 서문유는 생각했다.

과연 그럴까.

아니었다.

행복해지는 것은 옥령이가 아니고 지금 앞에 서 있는 서붕이었다.

아니, 서붕이라고 해서 행복해질 수 있을까.

서붕이 계획하고 있는 것이 무엇인지 어느 정도 짐작하고 있는 서문유였기에 그런 의문이 들었다.

"잊지 마라. 너는 옥령이를 위해 살려두었다는 것을."

다시금 흘러나온 서붕의 이야기를 들으며 서문유는 씨익 웃었다.

예전이었다면 아마 저 말을 믿었을 것이다.

하지만 이제는 아니었다.

그러기에는 그의 머리가 너무 커버렸다.

옥령이의 얼굴에 떠올라 있는 웃음은 쉽게 볼 수 있는 것이 아니었다.

그래서 지켜주고 싶었다.

설령 지금 옥령이의 선택이 잘못된 것이라 하더라도 인형처럼 살아가는 것보다는 훨씬 나았으니까.

서문유의 얼굴에 떠올라 있는 웃음을 확인한 듯 서붕의 숨소리가 거칠어졌다.

그러나 다시 꺼내는 목소리는 어느새 흥분을 가라앉히고 나직하게 변해 있었다.

"달라지는 것은 아무것도 없다."

"왜입니까?"

"어차피 그놈은 죽게 될 테니까."

"……?"

"사도맹주의 둘째 아들을 저리 만들었는데 과연 무사할 수 있을까? 장담컨대 그놈은 죽음을 피할 수 없다."

서문유가 입술을 질끈 깨물었다.

어느 순간부터인가 서문유는 서붕이 하는 말이 모두 궤변이라는 생각을 했다.

하지만 이번에는 그의 말이 옳았다.

인정하고 싶지 않았지만 사실이었다.

"옥령이와 가연이는 데려가겠지만 너는 이곳에 남도록 해라. 그리고 기회를 엿봐서 그놈을 죽여라."

"어차피 죽을 자라고 하지 않았습니까?"

"사무진은 마교의 교주. 이번 일로 인해 그는 강호의 관심을 받기 시작했다. 그런 그를 만약 네가 죽인다면 네 명성도 올라갈 것이다. 네게 나쁠 것은 없지."

달래듯이 꺼내는 서붕의 이야기.

하지만 서문유는 알고 있었다.

그가 진짜 원하는 것은 그런 것이 아니라는 사실을.

"알겠습니다."

그것을 모두 알고 있었지만 서문유는 대답했다.

그리고 지금 그의 대답은 진심이었다.

서붕의 명령이 아니더라도 옥령이를 위해서라면 무엇이라도 할 수 있는 서문유였다. 흡족한 표정을 지은 후 멀어지고 있는 서붕의 등을 물끄러미 바라보던 서문유도 신형을 돌렸다.

사무진은 얼굴을 찡그렸다.

별로 마주하고 싶지 않은 얼굴.

서문유가 다가오고 있었다.

강렬하다 못해서 이글거리고 있는 서문유의 눈빛을 마주하자 덜컥 겁이 날 정도였다.

본능적으로 그 시선을 피하려다가 사무진이 생각을 고쳤다.

자꾸 먼저 시선을 피하니 만만하게 생각하고 포기하지 않는다는 생각이 들었다.

그래서 작심하고 두 눈에 잔뜩 힘을 싣고서 마주 쩌려보았다.

"대낮부터 왜 이래?"

"……."

"이제 그만 포기하지?"

사무진이 적의를 감추지 않고 한마디를 던졌지만 서문유는 아무 대꾸도 하지 않았다.

　그리고 그런 서문유를 바라보던 사무진이 고개를 갸웃했다.

　서붕을 필두로 유가연과 서옥령까지.

　모두 무림맹으로 돌아간 후였다.

　작별 인사도 없이 돌아간 유가연이나 서옥령에게 서운한 마음이 들긴 했지만 피치 못할 사정이 있었다고 생각했다.

　그런데 서문유는 돌아가지 않았다.

　"그러고 보니 다들 돌아갔는데 넌 왜 안 돌아가?"

　"할 일이 있으니까."

　"할 일? 뭔데?"

　"네놈을 감시하라는 명령을 받았다."

　"거짓말 아냐? 설마 나한테 반해서 돌아가지 않는 거 아냐?"

　대답할 가치도 없다고 생각해서일까.

　물끄러미 사무진을 바라보기만 하던 서문유는 한참 만에야 입을 뗐다.

　"정말 이해할 수 없군."

　"뭐가?"

　"하필이면 너라는 것이 말이야."

　제대로 이해할 수 없는 말이었다.

하지만 서문유는 딱히 설명해 줄 생각이 없는 듯 보였다.

"대체 뭔 소리야?"

"알 것 없다. 다만……."

"다만 뭐야?"

"이제부터 네 곁을 떠나지 않겠다."

사무진이 다시 인상을 썼다.

서문유는 역시 끈질겼다.

아직도 전혀 포기한 기색이 아니었다.

게다가 뻔뻔하기까지 했다.

사랑하는 남녀 사이에도 낯이 간지러워서 꺼내기 어려운 말을 여러 사람들이 모여 있는 자리에서 대뜸 던지는 걸로 봐서.

"너까지 이러지 마. 가뜩이나 머리가 복잡하니까."

"사내라면 책임을 져야지."

달래듯이 한마디를 던졌지만 서문유는 요지부동이었다.

게다가 다짜고짜 꺼내고 있는 말도 안 되는 소리를 듣고서 사무진이 펄쩍 뛰었다.

"책임이라니. 대체 뭔 소릴 하는 거야?"

"앞으로 지켜보겠다."

"이제 그만 지켜보면 안 될까?"

"명심해라. 책임을 지지 않는다면……."

"……?"

"내가 너를 죽일지도 모른다."

서문유는 역시 무서운 놈이었다.

그리고 남자의 사랑도 여자 못지않게 집착이 심하다는 것을 깨달았다.

다시 한 번 소름이 돋는 것을 느끼며 사무진이 서둘러 자리를 피했다.

벌떡.

사무진이 침상에서 튕기듯이 일어났다.

그런 사무진의 눈에 들어오는 것은 평소와 변함없는 방 안의 풍경.

그제야 꿈이라는 것을 깨달은 사무진이 한숨을 내쉬었다.

또 악몽을 꿨다.

희대의 살인마들이 등장하는.

그나마 이번에는 지난번보다는 나았다.

희대의 살인마들이 하나도 빠짐없이 모두 등장하지는 않았으니까.

이번 악몽의 주요 등장 인물은 색마 노인이었다.

건들건들 걸어와서는 옆으로 쫙 찢어진 눈으로 사무진을 째려보던 색마 노인은 이번에도 예고도 없이 사무진의 물건을 움켜쥐려 했다.

물론 사무진도 소중한 자신의 물건을 남에게 쉽게 넘겨줄 생각은 없었다.

사무진도 이제는 고수였다.

희대의 살인마들에게는 강력한 마기를 물려받았고, 한 시대를 풍미했던 혈영마존의 진전을 이어받았으니까.

그래서 무명 노인에게 배운 천지미리보를 펼쳤건만 이상하게 꿈속에서 만난 색마 노인에게는 전혀 통하지 않았다.

어이없다는 표정으로 천지미리보를 펼치는 사무진을 노려보던 색마 노인은 귀찮다는 듯 소리쳤다.

허우적대지 말라고.

그리고 기어이 사무진의 소중한 물건을 힘껏 움켜쥔 색마 노인이 코앞으로 얼굴을 들이밀고 물었다.

심화 주수란을 꼬셨냐고.

아직 하지 못했다는 대답을 듣고서 색마 노인은 광분했다.

다행히 적당한 시점에 꿈에서 깨어나지 않았다면 정말 소중한 물건을 뽑아버렸을지도 몰랐다.

잠에서 깬 뒤 멍하니 한참을 앉아 있었지만 광분한 색마 노인의 얼굴이 머릿속에서 떠나지 않았다.

그리고 퍼뜩 걱정이 되었다.

사무진의 생각대로 일이 진행된다면 이제 머지않아 희대의 살인마들과 다시 만나게 될 것이었다.

만약 그때 희대의 살인마들이 자신이 시킨 것을 했냐고 묻는다면 마땅히 대답할 말이 없었다.

독마 노인이 시킨 대로 오대극독도 마시지 않았고, 색마 노인이 시킨 것도 완수하지 못했으며, 검마 노인의 첫사랑도 아직 찾지 못했다.

그나마 유령신마가 시켰던 임무는 완수했지만 이것도 엄밀히 말하면 사무진이 한 것이 아니었다.

화공 윤담은 운이 없어 죽었으니까.

게다가 사무진의 멋들어진 눈썹 문신을 보고서 부러움을 참지 못하고 광분하는 유령신마의 모습이 떠오르자 덜컥 겁이 났다.

"진짜로 죽일지도 몰라."

그러고도 남을 노인들이었다. 그래서 갑자기 마음이 무거워졌다.

하지만 사무진도 믿는 구석이 있었다.

누가 뭐라 해도 사무진은 현재 마교의 교주였다.

그리고 희대의 살인마들은 장로.

원래 교주가 장로보다 높은 법이었다.

"설마 교주한테 대들기야 하겠어?"

스스로를 안심시키기 위해 혼잣말을 했다.

하지만 크게 위로가 되지는 않았다.

다른 사람도 아닌 희대의 살인마들이라면 대들고도 남을 것이라는 생각이 들었다.

어쨌든 이렇게 앉아 있는다 해서 답이 나오는 것은 아니었다.

그래서 더 뭉그적거리지 않고 밖으로 나오자 일찌감치 꽃단장을 마치고 기다리고 있는 아미성녀가 가장 먼저 보였다.

"몸이 안 좋은가?"

그리고 아미성녀는 연륜이 있어서인지 금세 사무진의 안색이 창백한 것을 알아보았다.

"그냥 악몽을 꾼 것뿐이에요."

"악몽?"

"가끔씩 꾸니까 신경 쓰지 말아요."

"그렇게 간단히 넘어갈 문제가 아니다. 악몽을 꾼다는 것은 그만큼 심신이 허약해졌다는 증거지. 보약이라도 한 재 먹는 편이 좋겠구나."

아미성녀는 역시 적극적이었다.

그리고 다정하기도 했다.

역시 연상이어서일까?

나이가 많은 연상의 여자를 만나는 사내들의 마음이 이해가 갔다.

물론 아미성녀는 단순한 연상이라기에는 나이 차가 너무 많았지만.

어쨌든 맥을 짚는다는 핑계로 손을 꼭 움켜쥐지만 않았다면 더 좋았을 텐데.

그래서 사무진이 잡혀 있던 손을 슬그머니 뒤로 뺄 때, 열린 정문을 통해 누군가가 걸어들어 왔다.

서른 중반으로 보이는 미부.

사무진으로서는 본 적이 없는 여인이었다.

그런데 낯이 익었다.

분명히 어디선가 본 기억이 났다.

"누구더라?"

머리를 긁적이며 사무진이 생각에 잠긴 사이, 중년 미부는 어느새 장원을 가로질러 오고 있었다.

그리고 그녀가 입을 뗐다.

"마교의 교주를 만나러 왔네."

"왜요?"

"한 가지 물어보고 싶은 것이 있기 때문이지."

여인의 음성은 차분한 가운데 어딘지 모를 기품이 느껴졌다.

그리고 한참이나 그 여인의 얼굴을 바라보고 있던 사무진이 마침내 뭔가를 기억해 내고서 손뼉을 쳤다.

"홍 군사!"

"왜 찾는가? 지금 좀 바쁜데."

사무진이 소리쳐 불렀지만 뭔가 골몰히 생각에 잠겨 있는 듯 보이는 홍연민은 시큰둥하게 대꾸했다.

하지만 사무진도 순순히 그 말을 들어줄 리가 없었다.

"괜히 바쁜 척하지 말아요."

"……"

"진짜 급한 일이에요. 그러니까 빨리 와봐요."

"대체 무슨 일인가?"

다시 한 번 이어지는 사무진의 재촉을 견디지 못하고 결국 홍연민이 다가왔다.

그리고 뚱한 표정으로 다가온 홍연민에게 사무진이 다짜고짜 한마디를 던졌다.

"옷 벗어요."

第三章

적미천마(赤尾天魔)

荷蕸乳蒸煎棗陽細賜美福佑弟子王峻

至大改元四月佛浴道音廣為傳行諸

日弟子趙孟頫敬書長暈前丘正

老名演此真妙徑竟正

불룩 나온 배.

아직 마흔밖에 되지 않았음에도 불구하고 근육은 하나도 없고 축 늘어진 홍연민의 가슴을 보면서 사무진이 진심으로 충고했다.

"운동 좀 해요."

"그러게 옷을 안 벗는다고 했지 않나?!"

그래도 부끄러운 것은 아는 걸까. 얼굴이 벌게진 홍연민이 두 팔로 불룩 나온 배를 가리며 소리쳤다.

"아직 나이도 젊은 놈이 똥배가 나보다 더 많이 나왔잖아."

그리고 홍연민이 사무진에게 불평을 늘어놓을 때 좋은 구경거리를 놓치지 않고 달려온 심 노인이 빈정댔다.

"반성하기는 해야겠네요."

"……?"

"오죽하면 남자라면 노소를 가리지 않는 서문유 저놈마저 고개를 돌렸겠어요?"

기어이 한마디를 더해 홍연민의 가슴에 대못을 박은 사무진이 다시 명령했다.

"돌아봐요."

"왜 그러나?"

"글쎄 시키는 대로 해요."

결국 신형을 돌린 홍연민의 등을 사무진이 자세히 살피기 시작했다.

그리고 한참 만에야 고개를 끄덕였다.

"심화 주수란. 맞죠?"

"어떻게 알았느냐?"

"홍 군사 등판에 얼굴이 그려져 있거든요. 그나저나 생각보다 동안이네요. 환갑쯤 된 걸로 알고 있는데."

사무진이 내뱉은 순수한 감탄.

그리고 나이보다 어려 보인다는 말을 듣고 싫어하는 여자는 없는 법이었다.

주수란도 예외가 아니었다.

아까까지만 해도 딱딱하다는 느낌이 들 정도로 굳어 있던 주수란의 얼굴에 희미한 미소가 감돌기 시작했다.

"자네가 마교의 교주인 적미천마인가?"

"적미천마요?"

사무진이 고개를 갸웃했다.

마교의 교주는 맞았지만 적미천마라는 말은 처음 들어보았기에.

"몰랐는가 보군."

"뭘요?"

"강호에서는 자네를 적미천마라고 부르네."

사무진은 그제야 새로 생긴 자신의 별호가 적미천마라는 사실을 깨달았다.

"적미천마(赤尾天魔)라……."

"……?"

"별로네요."

"왜? 마음에 들지 않는가?"

"신주잠룡(新州潛龍)이나 옥면공자(玉面公子) 정도를 기대했거든요."

얼굴을 찌푸린 사무진이 솔직히 대답했다.

그리고 이번에는 주수란이 가볍게 얼굴을 찌푸렸다.

아니, 좀 더 정확히 말하면 아미성녀를 제외한 모든 이들이 얼굴을 찌푸렸다.

감히 옥면공자라는 말도 안 되는 별호를 탐하는 사무진의 뻔뻔한 작태에 진심으로 분노하고 있었다.

하지만 사무진은 언제나 그렇듯 다른 이들의 시선에는 신경 쓰지 않았다.

진심으로 아쉬운 표정을 짓고 있던 사무진이 다시 입을 열었다.

"그런데 여긴 왜 찾아오신 거예요?"

"자네를 만나기 위해서라네."

"나를요?"

"소문을 들었지. 자네가 혈영마존의 독문무공인 용연창법을 펼쳤다는. 그 소문이 사실인가?"

질문을 던진 후 사무진을 주시하는 주수란의 눈빛에는 강한 열기가 담겨 있었다.

그리고 그 질문에 답하기 위해 사무진이 입을 열려는 찰나, 또 한 명의 여인이 정문으로 뛰어들어 왔다.

"사부님, 혼자 가시면 어떡해요?"

숨을 헐떡이며 달려들어 온 뒤 주수란에게 애교 섞인 푸념을 늘어놓던 여인이 사무진을 바라보았다.

그리고 그 여인과 시선이 마주친 사무진이 눈을 크게 뜨며 머리를 긁적였다.

대단한 미인.

천하제일미녀라고 알려진 요화 서옥령과 비교한다 해도 전혀 손색이 없을 정도의 엄청난 미녀였다.

굳이 비교하자면 요화 서옥령이 한떨기 백합처럼 청초한 느낌이 든다면 지금 들어온 여인은 화사한 장미처럼 화려하다는 차이가 있었다.

하지만 사무진이 놀란 것은 여인의 대단한 미모 때문이 아니었다.

역시 낯이 익었다.

그리고 놀란 것은 사무진만이 아니었다.

사무진을 바라보던 여인이 눈을 치켜뜬 뒤 삿대질을 하며 다짜고짜 소리쳤다.

"너 이 변태 새끼!"

"소소야, 경거망동하지 말거라."

거침없이 삿대질을 하며 소리친 여인의 이름은 정소소였다.

당장에라도 사무진을 향해 달려들어 뺨을 때릴 기세였던 여인은 주수란의 제지로 인해 분한 듯 콧김만 뿜어내고 있었다.

그런 정소소를 살피던 심 노인이 다가와 슬쩍 물었다.

"아는 사람입니까?"

"그래요."

"대단한 미인입니다. 그런데 어떻게 아시는 사이입니까?"

"그게……."

사무진이 잠시 망설였다.

그리고 어떻게 대답할까 고민하던 사무진이 마침내 입을 뗐다.

"서로 볼 것 다 본 사이라고 할까요?"

"네?"

"말 그대로예요."

"좋으셨겠습니다."

"뭐, 나쁘지는 않았죠. 그리고 이건 비밀인데."

"무엇입니까?"

"저 아가씨도 무척 좋아했어요."

오래간만에 사무진과 심 노인이 친조손처럼 척척 죽을 맞추며 대화를 이어나갈 때, 정소소가 더는 참지 못하고 빽 하고 소리를 질렀다.

"너 지금 무슨 소리를 하는 거야?"

정말 화가 나서인지, 아니면 당황해서인지는 몰라도 정소소는 고운 뺨을 빨갛게 물들이고 있었다.

하지만 사무진은 태연자약했다.

"틀린 말 한 것은 아니잖아."

"너 기억 못해?"

"기억하지. 워낙 갑작스러운 일이라서 경황이 없기는 했지만 잘 익은 복숭아 같이 생겼던 가슴과 보름달처럼……."

"죽어!"

기억을 더듬기 위해서 반쯤 눈을 감고 이야기를 이어가고 있던 사무진의 말이 끝나기도 전에 정소소가 신형을 날렸다.

번쩍.

그런 그녀의 오른손에 어느새 들려 있던 검이 사무진을 향해 쇄도했다.

쩡.

진짜 살심을 품었는지 조금도 망설이지 않고 떨어져 내린 일검이었지만, 그녀가 휘두른 검은 도중에 막혔다.

그리고 그 검을 막은 것은 숟가락이었다.

일검이 막힌 것이 분한 듯 입술을 질끈 깨물고 있는 정소소를 슬쩍 바라본 뒤 사무진이 느긋하게 입을 뗐다.

"왜 이래?"

"지금 몰라서 그딴 소리를 하는 거야? 전에 분명히 말했지. 무덤에 갈 때까지 비밀로 하지 않는다면 죽이거나 혈마옥에 처넣어 버린다고."

악을 쓰듯 소리치고 있는 정소소의 이야기를 듣고서야 사무진이 기억을 해냈다.

"아, 그거!"

"이제 기억났나 본데 이미 늦었어. 넌 이제 내 손에 죽었어."

"잘못했어."

사무진이 뒤늦게 사과했지만 이미 늦어도 한참이나 늦은 후였다.

잔뜩 흥분한 정소소의 귀에 그 사과가 제대로 들릴 리 없었다.

"시끄럽고, 죽었다고 복창이나 해!"

다시 한 번 검을 들어 올리는 정소소.

그러나 사무진은 여전히 여유가 있었다.

"그건 좀 곤란한데. 나는 안 죽어"

"……?"

"천마불사 몰라?"

희미한 웃음을 지은 채 꺼낸 사무진의 이야기를 듣고서 정소소가 잠시 어리둥절한 표정을 지었다.

그리고 한참 만에야 사무진이 꺼낸 말의 의미를 깨닫고 놀란 표정을 감추지 않았다.

"그러니까 네가 마교의 교주란 소리야?"

"맞아. 그리고 여기는 마교의 본거지고."

"지금 그 말, 나한테 겁주는 거야?"

정소소가 고운 아미를 찡그렸다.

그래도 사무진의 말이 효과가 없지는 않았는지 금방 달려들 기세였던 정소소는 망설이고 있었다.

"아니, 대화를 하자고 제안하는 거야."

"대화는 무슨 대화?"

"아까도 말했지만 난 죽지 않으니까 다른 걸 택할게."

"다른 거라면 혈마옥?"

사무진이 고개를 끄덕였다.

그리고 뭔가 미심쩍다는 시선으로 바라보고 있는 정소소에게는 들리지 않게 한마디를 덧붙였다.

"어차피 거기 갈 생각이었거든."

정소소를 마주한 순간 기가 막힌 생각이 떠올랐다.

복숭아처럼 탐스러운 가슴과 보름달처럼 둥글고 화사했던 엉덩이.

그날 우연히 마주했던 정소소의 아름다운 나신이 자꾸만 떠올라 생각을 방해했지만 사무진은 기어이 그 상념을 떨치고 좋은 생각을 해냈다.

지금까지는 계속 혈마옥을 지키고 있는 일백이 넘는 무인들을 모두 제압하고서 들어갈 생각만 했었다.

하지만 굳이 그럴 필요가 없었다.

그냥 예전처럼 혈마옥에 들어가면 되는 것이었다.

이미 한 번 탈옥한 경험이 있는데 두 번 하는 것이 뭐가 어려울까.

지금까지 왜 이런 좋은 생각을 하지 못했을까 하는 자책을 하며 사무진이 히죽 웃음을 지었다.

물론 정소소는 그런 사무진의 웃음이 마음에 들지 않는 듯 인상을 쓰고 있었지만.

이제 남은 것은 하나.

혈마옥에 들어갈 만한 죄를 짓기만 하면 되는 것이었다.

그리고 그것도 그리 어려울 것이 없다는 판단이 들었다.

지난번처럼 무림맹의 담만 한 번 넘으면 간단하게 해결될 것이었다.

허민규나 황보세경은 사무진에게 아직 빚이 남아 있었고, 그들에게는 그리 어렵지도 않은 일일 터였다.

"고마워!"

어쨌든 정소소 덕택에 떠오른 생각이었다.

그래서 사무진이 감사의 인사를 건네자 정소소의 눈빛이 변했다.

"뭐가?"

"네 덕분에 혈마옥에 들어갈 좋은 방법이 생각났거든."

"처음 볼 때부터 알았지만 역시 넌……."

"매력적이야?"

"미친 놈이야."

혈마옥은 흉악한 마교의 장로들이 갇혀 있는 탈옥이 불가능한 감옥.

정소소가 그런 곳에 기를 쓰고 들어가려는 사무진을 보고 이상한 놈이라고 생각하는 것은 어쩌면 당연한 일이었다.

그리고 사무진이 뭐라고 변명하려는 찰나, 주수란이 먼저 입을 뗐다.

"잠시 나누고 싶은 이야기가 있네."

지긋한 시선으로 응시하며 주수란이 꺼낸 말을 듣고서 사무진이 당연하다는 듯이 고개를 끄덕였다.

찻잔 위로 뽀얀 김이 모락모락 올라왔다. 그러나 주수란은 다탁에 놓여 있는 차에는 손도 대지 않았다.

사무진이 후후 불면서 뜨거운 차를 한 모금 마시는 것을 물끄러미 바라보던 주수란은 마음이 급했다.

사무진이 찻잔을 내려놓기 무섭게 질문을 던졌다.

"그분은 아직 살아 계신가?"

살짝 떨리는 목소리.

지금 주수란이 지칭하고 있는 그분은 혈영마존, 아니, 무명노인이었다.

그리고 그것을 모를 리 없는 사무진이 고개를 끄덕이며 대답했다.

"너무 건강해서 걱정이에요."

"그런가? 정말 다행이로군."

안도의 한숨을 내쉬는 주수란을 보던 사무진이 다시 입을 열었다.

"사실 제게 선배님에 대한 이야기를 꺼내신 적이 있어요."

"그분께서?"

"네."

"뭐라고 하시던가?"

"보고 싶다고 하시더라구요."

이건 거짓말이었다.

사무진과 함께 지낸 시간이 무척이나 길었지만 무명 노인은 그런 이야기를 꺼낸 적이 한 번도 없었다.

하지만 이 정도 거짓말은 해도 괜찮지 않을까 하는 생각이 들었다.

그리고 주수란의 눈에 살짝 맺혀 있는 눈물을 보고 그 생각이 틀리지 않았다는 판단이 들었다.

"정말 그분께서 그리 말씀하셨나?"

"오죽했으면 홍 군사의 등에 문신까지 새겨 두셨겠어요."

"그래, 그러셨군. 나를 잊지 않으셨던 거로군."

"그 문신을 제게 보여주시면서 말씀하셨죠: 내 애인이지만 참으로 곱다고."

환갑이 넘었다고는 도저히 믿어지지 않을 정도로 고운 주수란의 두 뺨에 홍조가 피어올랐다.

아련하게 변한 눈빛으로 추억을 더듬고 있던 주수란은 한참 만에야 소매를 들어 눈가를 찍어 눌렀다.

"못 보일 모습을 보이고 말았군."

"아니요, 신경 쓰지 마세요."

"주책 맞은 늙은이라고 흉보지는 말게."

"늙은이라니요? 누님 같은데."

사무진의 말에 주수란의 입가로 다시 희미한 웃음이 번졌다.

그리고 사무진의 두 눈을 응시하며 말했다.

"사실 이곳을 찾기 전까지만 해도 의아해하고 있었네."

"뭘요?"

"그분께서 자네를 제자로 삼았다는 것에 대해서."

"……?"

"자네는 마교의 교주니까. 그런데 자네를 만나고 생각이 바뀌었네."

"어떻게요?"

"그분이 자네를 택한 것에는 다 이유가 있었구나 하는 생각이 드는군."

주수란의 말에는 진심이 담겨 있었다.

"그래도 흉악한 마교의 교주일 뿐인데요."

"아닐세. 조금 전 자네와 대화를 나누어보고 확실히 알았다네."

"어떻게요?"

"자네는 모르겠지만 그분은 무척이나 무뚝뚝한 분이셨다네. 아까 자네가 말한 대로 보고 싶다는 말 따위를 하실 분이 아니지. 아마 다른 사람 앞에서 그런 말을 하라고 하면 차라리 죽음을 택하실 게야."

"……."

"자네가 내 마음을 기쁘게 해주기 위해서 했던 거짓말이라는 것쯤은 다 알고 있네. 그리고 그런 거짓말은 마음이 따뜻한 사람만이 할 수 있지."

거짓말을 한 것이 들켰다는 사실을 깨닫고 사무진의 얼굴이 붉게 달아올랐다.

하지만 주수란은 신경 쓰지 않고 하고자 하는 말을 이어나갔다.

"그러고 보니 자네는 그분과 다른 듯하면서도 무척 닮았군."

"그래요?"

"하고 싶은 말이 있어도 쉽게 꺼내지 못하는 것만 봐도 그렇지. 그렇게 고민하지 말고 말해보게. 내가 들어줄 수 있는 부탁이라면 들어주지."

주수란은 눈치가 빨랐다.

사실 아까부터 고민하고 있었다.

혈마옥을 떠나기 전 색마 노인에게서 받았던 부탁.

원래라면 이미 주수란에게 환환만화공을 펼쳤어야 했다.

하지만 내키지 않았다.

그래서 사무진은 고민 끝에 다른 방법을 찾았다.

"조금 어려운 부탁인데."

"말해보게. 이 늙은이를 기쁘게 해주었으니 가능한 한 들어주도록 하겠네."

"누구를 좀 만나주세요."

"그런 부탁이라면 어렵지 않지."

"그럼 약속한 거예요."

"그러지. 그런데 내가 만나야 할 사람이 대체 누군가?"

"나중에 말씀드릴게요."

주수란의 두 눈에 호기심이 어리는 것이 보였지만 사무진은 끝내 만나야 할 사람이 색마 노인이라고 밝히지 않았다.

색마 노인은 유령신마 노인과 함께 혈마옥 내 추남 순위 일이위를 다투고 있는 장본인.

미리 이야기를 꺼냈다가는 어렵게 잡은 약속이 깨질 것이 틀림없었다.

"너무 크게 기대하지는 마세요. 그래도 쓸만한 구석도 있는 분이니까."

이건 거짓말이 아니었다.

색마 노인의 물건 하나는 진짜였으니까.

쾅.

그래서 사무진이 씩 하고 웃음을 지을 때, 심 노인이 미리 기척도 하지 않고 방 안으로 뛰어들어 왔다.

"왜 이래요? 교양없이."

"급한 일입니다."

"뭔데요? 호환마마라도 찾아왔어요?"

그런 심 노인을 향해 사무진이 못마땅한 표정을 지었지만 심 노인은 창백하게 질린 표정으로 고개를 흔들며 대꾸했다.

"호환마마보다 더 무서운 강시가 찾아왔습니다."

각자 흩어져서 바닥에 아무렇게나 주저앉아 있던 마도삼기가 거의 동시에 눌러쓰고 있던 죽립을 살짝 들어 올렸다.

지금 다가오고 있는 거대한 기의 파동을 느끼지 못할 그들이 아니었다.

모두 열한 개의 기파.

자신이 있어서일까.

이들은 흘러나오고 있는 기파를 애써 감추려 하지 않았다.

하나하나 무시할 수 없을 정도로 강한 기파였지만 열 개의 기파와 나머지 하나의 기파는 분명히 달랐다.

열 개의 기파에서 느껴지는 것은 사이함이었다.

인간이 아닌 존재에게서만 느껴지는 기운.

그에 반해 나머지 하나의 기파는 마도삼기에게도 익숙했다.

이미 몇 번이나 마주했던 익숙한 기파의 주인공은 바로 고루신마였다.

그리고 고루신마는 죽립을 눌러쓰고 있는 마도삼기를 알아보지 못한 듯 '천년마교'의 현판에게로 시선을 던졌다.

그런 고루신마의 얼굴에 떠오른 것은 비웃음이었다.

"미친 놈들!"

그 한마디를 내뱉은 후 고루신마가 늘어뜨리고 있던 오른손을 가볍게 휘둘렀다.

뼈만 남아 있는 앙상한 오른손을 장난처럼 휘두른 것에 불과했지만 그의 소매에서는 엄청난 경력이 일어났다.

그와 동시에 장경이 허공으로 신형을 띄우며 마주 일장을 날렸다.

퍼엉.

무형의 장력이 허공에서 부딪치며 폭음이 터져 나왔다.

그리고 자신이 날린 장력이 허공에서 소멸된 것을 깨닫고 고루신마의 눈빛이 날카롭게 변했다.

"네놈은 누구냐?"

죽립을 쓰고 있는 장경을 쏘아보며 던진 질문이었지만 대답은 제원상에게서 흘러나왔다.

"오랜만입니다."

"……?"

"설마 이곳에서 다시 만나게 될 줄은 꿈에도 몰랐군요. 일신의 영달을 위해 마교를 버린 고루신마 장로."

스윽.

제원상이 깊이 눌러쓰고 있던 죽립을 벗었다.

그리고 그와 동시에 장경과 윤극도 죽립을 벗었다.

드러난 마도삼기의 얼굴.

그들을 확인한 고루신마는 놀란 표정을 감추지 못했다.

"네놈들은······."

워낙에 의외여서일까.

제대로 말을 잇지 못하고 있는 고루신마를 노려보며 마도삼기가 싱긋 웃었다.

"벌써 우리 얼굴까지 잊었나 보군."

"치매가 왔을지도 모르지."

"사도맹주가 쥐어준 푼돈을 들고 술과 계집에 푹 빠져 살았을 테니까."

각자 한마디씩 던지는 마도삼기.

그들의 목소리에는 한껏 비아냥이 담겨 있었다.

그것을 느낀 고루신마가 볼살을 푸들푸들 떨기 시작했다.

"내가 누군지 벌써 잊었느냐?"

그리고 고루신마가 일갈을 던졌지만 마도삼기는 여전히 태연했다.

"왜 모르겠소? 날이면 날마다 골방에만 틀어박혀서 혼자서 시체 놀음이나 하던 양반이 아니오?"

"시체와 밤마다 그 짓을 한다는 소문이 파다했었지."

"사도맹주는 살이 야들야들한 신선한 시체를 많이 공급해 주었소?"

눈도 꿈쩍하지 않고 마도삼기가 꺼낸 이야기를 듣고 있던 고루신마가 한껏 비틀린 웃음을 토해냈다.

"끌끌! 네깟 놈들이 뭘 안다고 지껄이느냐?"

"당신 말이 맞소. 우리는 그 당시 그곳에 있지 않았으니 자세한 사정까지는 알지 못하오. 하지만 하나는 알고 있소."

"……."

"당신의 배신으로 마교가 망했다는 것 말이오."

장경의 이야기를 들었지만 고루신마는 부인하지 않았다.

오히려 비틀린 웃음을 지은 채 당당하게 대꾸했다.

"그래서 이딴 가짜 마교를 만들었나?"

"가짜 마교라… 진정 그렇게 생각하시오?"

"당연한 것 아니냐? 교주님께서 두 눈을 뜨고 살아 계신데 감히 여기를 마교라고 할 수 있느냐?"

훈계하듯 소리치는 고루신마를 바라보던 장경이 틀렸다는 듯 고개를 흔들었다.

"내가 아는 마교는 이곳뿐이오. 당신이 충성을 다하고 있는 자는 더 이상 마교의 교주가 아니지. 사도맹주의 개일 뿐이니까."

장경의 이야기는 신랄했다. 그리고 그 신랄한 대꾸를 들은 고루신마가 분한 듯 입술을 질끈 깨물었다.

"감히 네놈들이 교주님께 그런 말을……."

"나이가 들더니 귀가 어두워진 것 같군. 아까도 말했지만 내가 아는 마교는 이곳뿐이라고 했소. 그 말은 지금 내가 모시는 분이 교주님이라는 뜻이오. 사도맹주의 개가 된 순간, 천중악은 더 이상 우리의 교주가 아니니까."

마도삼기의 눈빛은 일점의 흔들림도 없었다.

그리고 그 눈빛을 마주하던 고루신마가 어쩔 수 없다는 듯 입을 뗐다.

"네놈들이 그토록 애지중지하고 있는 교주의 얼굴이라도 보자. 그 잘난 면상이라도 보고 싶으니까."

"어려울 것이오."

"왜지?"

"마교의 교주님은 쉽게 만날 수 없는 분이오. 그분을 만나기 위해서는 우리를 먼저 넘어야 하오."

"기가 막히군. 네놈들이 마교의 문지기라도 된단 말이냐?"

설마 하는 마음으로 고루신마가 던진 질문.

하지만 마도삼기는 지체하지 않고 고개를 끄덕였다.

"그렇소. 우리가 바로 마교의 얼굴이라 할 수 있는 문지기요."

그리고 그 대답을 들은 고루신마의 얼굴에 어이없다는 빛이 떠올랐다.

다른 누구도 아닌 마도삼기였다.

누구나 인정하는 대단한 고수.

하지만 어느 누구의 명령을 듣는 것도 싫어했고 또한 그 어느 곳에도 얽매이고 싶지 않아 하던 천성을 가진 것이 바로 그들이었다.

그런 마도삼기가 마교의 문지기를 하고 있다?

지나가던 개가 웃을 소리였다. 하지만 스스로 인정하고 있는데 믿지 않을 수도 없는 노릇이었다.

"마교 역사상 가장 강한 문지기지요."

"……."

"그리고 마교 역사상 가장 강한 문지기를 넘지 않고서는 감히 마교의 교주님을 만날 수 없소."

희미한 웃음을 지은 채 장경이 꺼내는 이야기.

그 이야기를 듣고서 더는 참을 수 없다는 듯 고루신마가 망자제령종을 꺼냈다.

강시가 찾아왔다는 말을 듣고서 사무진이 번개같이 달려나갔다.

사무진도 예전에 술자리에서 강시에 대한 이야기를 많이 들었다.

마교의 비밀병기라는 이야기

아무리 칼에 찔려도 죽지 않는 존재라는 이야기.

잘 만든 강시 하나 무림 고수 백 명 부럽지 않다는 이야기.

사무진이 강시에 대해서 들었던 이야기는 주로 이런 내용들이었다.

그래서 사실 무섭다는 생각보다는 호기심이 더 컸다.

진짜 강시가 어떻게 생겼는가 하는.

일단 밖으로 달려나간 사무진의 눈에 가장 먼저 들어온 것은 마도삼기와 대치하고 있는 삐쩍 말라 미이라처럼 생긴 고루신마였다.

퀭한 두 눈에서 사이한 기운을 뿜어내고 있는 고루신마의 오른손에는 황금색 커다란 방울이 들려 있었다.

그리고 그 고루신마를 확인한 사무진의 눈에 실망한 기색이 스치고 지나갔다.

"저기……."

"왜 그러십니까?"

"강시는 두 팔을 앞으로 내밀고 쿵쿵 뛰어다니는 것 아닌가요?"

"그건 예전 초창기 시절의 강시입니다. 요즘 강시는 팔을 앞으로 내밀고 쿵쿵 뛰어다니지 않습니다."

"그럼요?"

"움직임이 조금 뻣뻣할 뿐이지 거의 사람과 흡사합니다. 심지어 말을 하는 강시도 있다고 합니다."

"강시가 말을 해요?"

"그렇습니다."

"신기하네요. 그런데 원래 강시는 저렇게 부실하게 생긴 거예요?"

"……?"

"툭 하고 건드리면 그냥 뼈마디가 부러져 버릴 것 같은데."

"교주님, 저건 강시가 아닙니다. 진짜 사람입니다."

"얼굴에 핏기가 없어서 강시인 줄 알았네요."

사무진이 고루신마를 힐끗 보며 말하자 심 노인이 재빨리 수정해 주었다.

그리고 담벼락 위로 고개만 내밀고 속삭이고 있는 사무진과 심 노인의 이야기가 들리지 않는 듯 마도삼기를 노려보던 고루신마의 눈에서 뿜어지던 사이한 기운이 강해졌다.

띠리링.

고루신마의 오른손이 흔들렸다.

흘러나오는 방울 소리.

조금 떨어진 곳에서 살피고 있던 사무진과 심 노인의 귀에는 들리지도 않을 정도로 희미한 방울 소리가 한 번 흘러나오자 눈을 감고 죽은 듯이 조용히 서 있던 열 구의 생강시들이 번쩍 하고 눈을 떴다.

"저게 강시입니다."

"심 노인의 말이 맞네요."

"무슨 말씀입니까?"

"못 봤어요? 가운데 서 있는 강시가 좀 전에 하품을 했는데."

"교주님, 강시가 하품을 한다는 말은 들어본 적이 없습니다."

"그럼 내가 지금 거짓말을 한다는 거예요?"

"그건 아니지만……."

"분명히 봤어요."

심 노인은 여전히 미심쩍은 표정이었지만 사무진은 분명히 보았다.

지루한 듯 강시가 하품하는 모습을.

그리고 한마디를 덧붙이려는 찰나, 마도삼기가 움직이기 시작했다.

"잊었나 본데 우리는 마도삼기야. 이딴 강시 몇 구 끌고 온다고 해서 겁먹을 거라 생각했다면 오산이야!"

강시들이 번쩍 하고 눈을 뜨는 것을 보았지만 장경은 겁을 먹지 않았다.

쩌엉.

지체하지 않고 달려나간 장경의 손에 들린 도가 생강시의 옆구리로 파고들었다.

미처 막을 틈도 주지 않고 옆구리에 틀어박힌 도신!

일도에 반토막을 내버릴 기세로 휘둘러진 장경의 도였지만 생강시에게는 생채기 하나 남기지 못했다.

생강시는 움찔한 것이 다였다.

반면 장경은 도병을 움켜쥔 손아귀가 찢어질 듯한 통증을 느끼고 놀람을 감추지 못한 채 재빨리 뒤로 물러났다.

마치 도신으로 철벽을 후려친 느낌이었다.

그래서 장경이 도저히 믿을 수 없다는 표정을 짓고 있을 때, 조금 늦게 생강시들에게 파고들었던 윤극과 제원상도 침음성을 내뱉으며 뒤로 물러났다.

"놀랐나?"

그런 마도삼기를 바라보던 고루신마의 얼굴에 흡족한 웃음이 떠올랐다.

"예전과 같을 것이라 생각하면 곤란하지."

"……?"

"……?"

"꼬박 삼십 년을 매달렸는데 발전이 있어야 하는 것이 당연하지 않겠나?"

고루신마의 목소리에는 자신감이 흘러넘쳤다.

"좀 전까지만 해도 잘도 지껄이더니 아예 주둥이를 닫아버린 것이 어지간히 놀랐나 보군. 하지만 놀라기는 아직 일러. 진짜 놀라는 것은 지금부터일 테니까. 그리고 내가 만든 생강시들이 자네들을 죽음으로 인도하게 될 거야."

띠리링. 띠리링.

다시 한 번 방울 소리가 흘러나오자마자 생강시들이 일제히 허리에 걸려 있던 검을 뽑아 들었다.

그 방울 소리가 신호인 듯 생강시 열 구 중 여섯이 마도삼기를 향해 파고들었다.

그리고 신법을 펼치는 생강시들을 살피던 장경이 눈을 치켜떴다.

장경이 알고 있는 강시는 이미 죽어버린 시체에 약품 처리를 한 것에 불과한 마물!

약품 처리를 어떻게 하느냐에 따라 검이나 도가 파고들기 힘들 정도로 껍데기가 단단해질 수는 있었다.

그러나 움직임이 둔해진다는 한계는 분명히 있었다.

그런데 지금 장경에게 다가오고 있는 생강시들의 움직임은 과연 죽은 자가 맞는가 하는 의문이 들 정도로 자연스러웠다.

게다가 제대로 된 신법이었다.

떠돌이 낭인들이 사용하는 신법이 결코 아니었다.

'비운축영(飛雲逐影)?'

오른발을 일 보 앞으로 내밀어 마치 땅을 뒤로 밀어내는 듯한 신법은 분명 구대문파 중 하나인 점창파의 비운축영이었다.

그리고 강시 주제에 어떻게 점창파의 신법인 비운축영을 펼칠 수 있는가 하는 의문이 들었지만 장경에게는 그에 대해 깊이 생각할 여유가 주어지지 않았다.

거리를 좁힌 순간 다가오는 검신!

신법만 빠른 것이 아니었다.

휘두르는 검도 무척이나 빨랐다.

방심하지 않고 허리를 비틀어 간발의 차로 그 공격을 홀린 장경이 지체하지 않고 도를 휘둘렀다.

쩌엉.

제대로 내력이 실린 일도였지만 이번에도 애꿎은 불꽃만 튀었을 뿐, 생강시는 전혀 충격을 받지 않은 듯했다.

숨돌릴 틈도 주지 않고 다시 다가오고 있는 검신을 보던 장경이 재빨리 뒤로 물러나며 소리쳤다.

"검기!"

검극에서 흘러나오고 있는 아지랑이 같은 기운.

장경이 잘못 본 것이 아니었다.

저건 틀림없는 검기였다.

쩌엉.

생강시가 휘두른 일검과 도신을 부딪쳐 보고 난 뒤, 장경은 자신이 잘못 본 것이 아니라는 것을 확신했다.

'검기를 쓴다는 것은 내력을 사용한다는 뜻. 그야말로 기사(奇事)로군!'

장경이 눈에서 불이라도 뿜을 기세로 고루신마를 노려보았다.

고루신마는 장경에게 비웃음을 던지고 있었다.

그리고 그의 입가에 떠올라 있는 비웃음은 그렇게 말하고 있는 것 같았다.

여기가 너희들의 무덤이라고.

입술을 질끈 깨문 장경과 두 구의 생강시가 다시 어울리기 시작했다.

그리고 그 시간이 길어질수록 장경은 점차 초조해지기 시작했다.

생강시들이 휘두르는 검은 무척 위협적이기는 했지만, 피하지 못할 정도는 아니었다.

하지만 문제는 장경이 펼치는 반격이 아무런 소용이 없다는 것이었다.

보통 무인이었다면 이미 죽어도 몇 번은 죽었을 테지만, 생강시에게는 그 날카로운 공격이 전혀 위협이 되지 않았다.

수비를 도외시한 공격.

그래서 더욱 상대하기가 쉽지 않았다.

일단 신형을 뒤로 날리며 슬쩍 윤극과 제원상이 처한 상황을 살핀 장경의 눈빛이 무겁게 가라앉았다.

윤극과 제원상의 상황도 크게 나을 것이 없었다.

답답한 표정을 지은 채 연신 뒤로 물러나고 있는 그들을 살피던 장경이 도병을 움켜쥐고 있는 손에 힘을 더했다.

이대로 시간이 계속 흐른다면 결국 불리해진다는 판단을 내린 장경이 내력을 끌어올려 도신에 집중시켰다.

생강시가 휘두르는 검이 다가오는 것이 보였다.

하지만 이미 검로가 눈에 익은 후였다.

몸을 숙여 그 검을 흘린 장경이 전력을 다해 휘두른 도신이 생강시의 허벅지에 틀어박혔다.

쩌엉.

다시 터져 나오는 폭음.

그러나 이번에는 이전까지처럼 도신이 튕겨 나오지 않았다.

장경이 전력을 다해 휘두른 도신은 단단하기 그지없던 생강시의 허벅지를 반쯤 파고들어 틀어박힌 후에야 멈추었다.

서걱.

하지만 고통을 느끼지 않는 생강시는 허벅지의 상처에는 아랑곳하지 않고 검을 아래로 내려쳤다.

장경이 재빨리 허벅지에 박혀 있던 도를 뽑아내며 뒤로 물러났지만 늦었다.

그의 왼쪽 어깨에서 선혈이 흘러나오기 시작했다.

그리고 그게 다가 아니었다.

다른 한 구의 생강시가 휘두른 검에 스친 옆구리에서도 쓰라린 느낌이 전해졌다.

어깨와 옆구리에서 시작된 통증.

그러나 장경도 필사적이었다.

여기서 물러나서는 뒤가 없다는 판단을 내린 장경이 다시 한 번 내력을 집중시켜 생강시의 허벅지에 도신을 밀어넣었다.

"마도삼기가 강한 것 맞아요?"

"틀림없이 일당천의 고수입니다."

"그런데 대체 왜 저래요? 잘못하면 우리 마교의 문지기들 다 죽겠네요."

악전고투.

각기 두 구의 생강시를 상대로 싸우고 있는 마도삼기는 눈물겹도록 힘겨운 싸움을 펼치고 있었다.

그리고 담장 너머로 고개를 내밀고 그 상황을 살피고 있던 사무진이 못미더운 표정을 짓고 있을 때였다.

"보통 강시가 아니다."

어느새 사무진의 곁으로 다가온 아미성녀가 입을 열었다.

"언제 왔어요?"

"나는 항상 네 곁에 있다."

"지금 역사상 가장 강하다고 하는 우리 마도의 문지기들이 다 죽게 생겼는데 그런 말이 나와요?"

퉁명스런 사무진의 목소리.

그러나 아미성녀는 전혀 개의치 않고 하고자 하는 말을 마저 했다.

"점창파의 무공인 비운축영(飛雲逐影)과 분광검법(分光劍法), 공동파의 무공인 복호검법(伏虎劍法), 종남파의 무공인 태을무형검(太乙無形劍)까지. 저들은 구대문파(九大門派)의 제자들이다."

"강시라니까요. 만약 저들이 구대문파의 제자들이라는 게 사실이라고 해도 이상하잖아요. 죽은 자들이 어떻게 생전의 무공을 기억하고 펼칠 수 있어요?"

"그 이유는 나로서도 모르겠다. 다만……."

"……?"

"살아 있는 상태로 강시가 되었다면 가능하겠지."

아미성녀의 추측을 듣고서 사무진은 질겁한 표정을 지었다.

"생강시?"

"안 될 것도 없지."

"나쁜 영감이네."

"그래, 내가 마교를 증오하는 이유이지. 단, 너만 빼고."

아미성녀와 대화를 나누던 사무진이 담벼락 위로 올라갔다.

그리고 그 모습을 확인한 아미성녀가 불안한 표정으로 물었다.

"직접 나서려고?"

"다 죽게 놔둘 수는 없잖아요."

"하지만 강시들은 무서운 존재다."

"잘 모르나 본데 나도 화나면 무서워요."

그 말을 남긴 사무진이 담벼락을 훌쩍 뛰어넘고서 한창 싸움이 진행되고 있는 장내로 다가갔다.

그리고 그런 사무진의 곁에는 어느새 아미성녀가 따라오고 있었다.

"왜 따라와요?"

"널 지켜주기로 약속했으니까."

오래간만에 불장까지 들고 따라붙고 있는 아미성녀의 고집을 꺾을 자신이 없었기에 사무진은 더 이상 아무런 말도 하지 않고 걸음을 옮기기 시작했다.

"네놈은 뭐냐?"

그런 사무진을 향해 시선을 돌린 고루신마가 던진 질문을 듣고서 사무진이 씨익 웃으며 대답했다.

"천마!"

그리고 대답을 마친 사무진이 등에 메고 있던 역린검의 검병을 움켜쥐었다.

第四章
고루신마(古樓神魔)

띠리리링.

고루신마가 망자제령종(亡者制靈鍾)을 흔들자 다시 방울 소리가 흘러나왔다.

그리고 그것이 신호인 듯 마도삼기와 함께 어울려 싸우던 여섯 구의 강시가 일제히 움직임을 멈추고 원래 있던 자리로 돌아왔다.

다시 조용해진 장내.

장내에는 마도삼기가 가쁘게 숨을 몰아쉬는 소리만이 들리고 있었다.

그리고 그때, 고루신마의 카랑카랑한 목소리가 흘러나왔다.

"네가 사무진이라는 애송이구나."

"애송이가 아니라 마교의 교주죠."

"웃기는군!"

"그런 댁은 누구예요?"

"나는… 마교의 장로인 고루신마이다."

잠시 움찔하던 고루신마가 대답을 꺼냈다.

하지만 사무진은 틀렸다는 듯이 고개를 흔들었다.

"내가 이끄는 마교에 고루신마라는 장로는 없어요."

"그야 네가 이끌고 있는 마교가 가짜이기……."

"심 노인!"

"네, 교주님!"

"겁도 없이 마교의 장로라고 사칭하는 자는 어떤 벌을 받지요?"

"극형입니다."

일말의 망설임도 없이 흘러나오는 심 노인의 대답.

심 노인을 바라보던 사무진이 고루신마에게로 고개를 돌렸다.

"들었죠? 극형이라네요."

"미친 놈!"

"슬슬 겁이 나는가 보죠? 막말을 하는 걸 보니. 일단 막말을 하는 그 헛바닥부터 뽑아야겠네요."

사무진의 입가로 하얀 선이 가로질렀다.

그리고 고루신마도 더는 참을 수 없는 듯 망자제령종을 흔들었다.

띠리링. 띠리링.

다시 움직이기 시작하는 생강시들.

마도삼기에게로 각각 두 구의 생강시가 파고들었고, 사무진에게로 남은 네 구의 생강시가 일제히 다가왔다.

강시라고는 도저히 믿을 수 없을 정도로 빠른 신법.

하지만 마도삼기가 생강시와 싸우는 모습을 이미 보았던 사무진이었다.

이미 어느 정도는 대비하고 있었던 상황이었다.

스르릉.

등에 걸려 있던 검집에서 역린검이 빠져나왔다.

그리고 역린검의 검병을 움켜쥐자마자 사무진이 일검을 떨쳤다.

그그극.

좌에서 우로 가로지르는 검신.

횡으로 휘두른 일검이 가장 왼편에서 다가오고 있던 생강시의 비어 있는 가슴을 가르고 지나갔다.

하지만 잘려 나간 것은 생강시가 입고 있었던 연녹색 장포뿐이었다.

역린검의 검신이 쇳덩이와 부딪친 느낌.

상처는커녕 흔적도 남지 않았다.

다만 튀어 올랐던 불꽃으로 인해 검정색 그을음만이 조금 남아 있을 뿐이었다.

"곤란한데!"

그리고 아무 충격도 받지 않은 듯 보이는 생강시 네 구가 동시에 검을 뻗어 사무진을 공격했다.

그것을 확인한 사무진이 얼굴을 찡그릴 때, 날카로운 소성과 함께 네 개의 신형이 모습을 드러냈다.

기척도 없이 등장한 매난국죽은 사무진에게 다가오고 있던 네 구의 생강시들 중 두 구를 상대하기 시작했다.

적절한 순간에 나타난 매난국죽.

그러나 사무진은 그들에게까지 신경 쓸 여유가 없었다.

남은 두 구의 생강시가 떨친 검이 다가오고 있었다.

'전혀 다른데!'

다가오는 검을 살피던 사무진이 눈을 반짝였다.

두 구의 생강시가 펼치는 공격이 전혀 달랐다.

오른편에서 공격하고 있는 생강시의 검은 느릿하게 다가왔다.

그에 반해 왼편에서 다가오고 있는 생강시의 검은 섬전처럼 빠르게 사무진의 가슴을 노리고 다가오고 있었다.

쩌엉.

가벼이 볼 수 없는 공격에 사무진이 신중하게 뒤로 물러나며 역린검으로 섬전처럼 빠르게 파고들고 있는 검을 튕겨

냈다.

예상보다 훨씬 강한 내력이 실린 일검으로 인해 역린검을 움켜쥔 손아귀에 짜릿한 통증이 전해지는 것을 느끼며 사무진이 급히 허리를 비틀었다.

오른편에서 다가오고 있는 생강시의 검은 느릿했지만 현기가 포함되어 있었다.

쉽게 보지 못하고 역린검으로 막는 대신 허리를 비틀던 사무진이 움직임을 멈추었다.

쟁.

이번에는 어디선가 나타난 불장이 그 검을 도중에 막아냈다.

그리고 그 불장의 주인인 아미성녀가 소리쳤다.

"오대세가 중 하나인 남궁세가의 섬전십삼검뢰(閃電十三劍雷)와 구대문파 중 하나인 무당파의 태청검법(太淸劍法)이다. 성취는 육성 정도. 하지만 도검이 불침인 강시이니 상대하기가 결코 용이하지 않을 것이네."

그 짧은 사이에 생강시들이 사용하는 무공의 연원은 물론 그 성취까지 파악한 아미성녀였다.

"무당파의 태청검법을 사용하는 강시는 내가 맡겠다."

짤막한 그 말만을 남기고 아미성녀는 불장을 휘두르며 사무진의 왼편에서 다가오던 생강시를 상대하기 시작했다.

그리고 아미성녀 덕분에 한결 여유가 생긴 사무진이 남궁세가의 섬전십삼검뢰를 사용하는 생강시를 자세히 살피기 시작했다.

감정이라고는 전혀 담겨 있지 않은 두 눈.

그리고 보통의 무인과 비교해서 움직임이 조금 어색하다는 느낌이 들었지만, 뻣뻣하다는 느낌이 들 정도는 아니었다. 더구나 조금 전, 검이 부딪쳤을 때 손아귀에 느껴지던 짜릿한 통증은 생강시가 내력을 사용한다는 것을 다시 확인시켜 주었다.

쐐애액.

섬전십삼검뢰라는 이름에 걸맞게 엄청난 속도로 파고드는 검신을 간발의 차로 피해낸 사무진이 역린검을 다시 휘둘렀다.

사무진이 이번에 노린 곳은 견정혈.

역린검의 검극이 정확히 견정혈을 파고들었지만 이번에도 아무런 상처도 남기지 못하고 헛되이 튕겨 나왔을 뿐이었다.

"이건 뭐야?"

순간 짜증 섞인 음성을 토해내는 사무진에게 다시 아미성녀의 목소리가 들려왔다.

"신체의 일부가 잘려 나간다 해도 강시는 통증을 느끼지 못하고 다시 덤빈다. 일검에 목을 잘라내야만 강시를 죽일 수 있다."

아미성녀는 나름대로 사무진을 위해 충고를 한 것이었지만, 크게 도움이 되지는 않았다.

말이야 쉬웠다.

하지만 몸에 칼이 박히지도 않는데 대체 무슨 수로 목을 잘라낼까.

슬쩍 살펴보니 충고를 한 아미성녀도 고전하는 것은 마찬가지였다.

아미성녀가 노리는 것은 주로 생강시의 머리.

무시무시한 기세로 떨어져 내린 불장이 생강시의 머리를 몇 번씩이나 강타했지만, 생강시는 쓰러지지 않았다.

내력이 깃든 불장에 머리를 얻어맞을 때마다 조금 움직임이 둔해졌다는 느낌이 들기는 했지만 그게 다였다.

무공 수위의 차이는 압도적이었지만 아무리 공격을 해도 쓰러지기는커녕 충격조차 받지 않으니 상황은 점점 어려워지는 것이었다.

다시 한 번 눈앞을 지나가는 생강시의 검을 보고 사무진은 정신을 차렸다.

채앵.

사무진이 휘두른 역린검이 생강시의 허벅지를 베고 지나갔지만 이번에도 어김없이 튕겨 나왔다.

아주 잠시 움찔한 후, 다시 검을 휘두르는 생강시였다.

'정말 베지 못할까?'

그 순간, 사무진의 머릿속으로 갑자기 의문이 떠올랐다.

그리고 그 의문에 대한 답은 하나였다.

결코 아니었다.

만약 강시들이 금강불괴라면 몇 구의 강시만 있더라도 천하를 움켜쥐는 것도 가능하게 되는 셈이었다.

거기까지 생각이 미치는 순간 슬슬 화가 나기 시작했다.

고작 열 구의 생강시.

인간도 아니고 고작 강시 몇 구에 쩔쩔매고 있는 마교의 모습을 본다면 사도맹이 어떤 생각을 할까?

그리고 천중악은?

비웃고 있을 그들의 얼굴을 떠오르자 가슴이 뜨거워졌다.

─천하에 베지 못할 것은 없다.

두근두근.

심장이 빠르게 뛰기 시작했다.

그리고 가슴속 한편에 숨어 있던 마기가 폭발하기 시작하며 소리치고 있었다.

"목을 베라 이거지?"

숨어 있던 마기가 폭발하기 시작하며, 사무진의 오른손에 들려 있는 역린검의 검극에 아지랑이 같은 기운이 피어오르기 시작했다.

그리고 어느새 그 아지랑이 같던 기운은 형체를 갖추었다.

붉은색 강기로.

전력을 다해 휘두른 일검!

푹.

역린검은 생강시의 목덜미에 깊숙이 틀어박혔다.

강기로 휩싸인 역린검을 휘둘렀음에도 결국 생강시의 목을 완전히 베어내는 데는 실패한 셈이었다.

고작 절반쯤 잘라낸 것이 다였다.

그러나 아무런 효과가 없던 것은 아니었다.

다른 공격에는 전혀 충격을 받지 않던 생강시가 중심을 잡지 못하고 비틀거리며 뒤로 물러나기 시작했다.

"도검불침은 얼어죽을!"

생강시의 목에 틀어박힌 역린검을 뽑아내는 대신, 사무진이 기마 자세를 취하며 파환수라권을 펼치기 위한 준비를 했다.

퍼엉.

뻗어져 나가는 일권.

그리고 사무진이 뻗어낸 일권이 닿은 것은 생강시의 몸뚱이가 아니었다.

생강시의 목에 박혀 있는 역린검의 검신을 강타했다.

데구루루.

마침내 생강시의 머리가 바닥으로 떨어졌다.

동시에 허물어지는 머리가 사라진 생강시의 신형.

"더럽게 단단하네."

바닥에 떨어져 있던 역린검의 검병을 움켜쥔 사무진의 입가로 희미한 웃음이 스치고 지나갔다.

하지만 아직 끝이 아니었다.

고루신마가 끌고 온 생강시는 모두 열 구.

이제 겨우 한 구의 생강시를 처리했을 뿐이었다.

"다음은?"

주위를 살피던 사무진의 눈에 가장 위태로워 보이는 것은 마도삼기였다.

각자 두 구의 생강시와 부딪치고 있는 마도삼기 중에서도 전신이 피로 물든 채 악전고투를 펼치고 있는 장경의 곁으로 사무진이 다가갔다.

"이래서 마교를 지킬 수 있겠어요?"

"교주님!"

"목을 베라니까."

"하지만 그게 여의치가……."

"이렇게."

서걱.

사무진이 움켜쥐고 있는 역린검의 검극을 두르듯이 맺혀 있는 강기는 시간이 흐른다고 해서 약해지지 않았다.

오히려 조금 전보다 한층 강해진 강기가 생강시 한 구의 목을 베고 지나갔다.

어이없을 정도로 쉽게 무너지는 한 구의 생강시.

너무 놀라서 다른 생강시가 휘두르는 검을 막을 생각도 하지 못하고 멍하니 서 있는 장경의 눈앞으로 사무진이 휘두르는 역린검이 다시 움직였다.

그리고 다시 한 구의 생강시의 목을 잘라내는 역린검을 바라보던 장경이 믿을 수 없다는 듯이 중얼거렸다.

"검강!"

검을 쓰는 무인들이라면 누구나 이루고 싶은 경지인 검강.

비록 장경도 근래에 이르러서야 겨우 도강을 만들어내는데 성공했지만, 지금 사무진이 만들어낸 검강은 그가 만든 도강과 차원이 달랐다.

무려 두 자 길이의 강기!

강기는 만들어내는 것보다 그 강기를 유지하는 것이 더욱 어려웠다.

장경이 도강을 지속적으로 사용할 수 있는 시간은 몇 초에 불과할 정도였다.

그런데 사무진이 만들어낸 검강은 시간이 지나도 전혀 약해지지 않았다.

아니, 오히려 시간이 지날수록 더욱 강해지는 것 같았다.

"교주님!"

"왜요?"

"정말 대단하십니다."

장경이 가슴속 깊은 곳에서 우러나온 감탄을 했다.

그리고 그런 장경을 향해 사무진이 잔뜩 인상을 구긴 채 대꾸했다.

"솔직히 힘들어서 죽을 것 같아요!"

쒜애액.

"비켜요!"

사무진이 내지르는 일갈!

그 일갈을 듣고서 아미성녀는 휘두르고 있던 불장을 도중에 거두고 재빨리 한 걸음 뒤로 물러났다.

그리고 그 순간 번개같이 날아든 역린검이 아미성녀가 상대하고 있던 생강시의 목에 틀어박혔다.

생강시의 목을 절반 정도 잘라내고 멈춘 역린검의 검병을 놓은 사무진이 그대로 신형을 띄우며 오른발로 검병을 걷어찼다.

데구루루.

그제야 생강시의 목이 마침내 잘려 나가 바닥을 뒹굴었다.

띠리링. 띠리링. 띠리링.

머리를 잃은 생강시가 바닥으로 허물어질 때, 핏기 하나 없이 창백한 얼굴로 고루신마가 망자제령종을 흔드는 것이 보였다.

어서 돌아오라는 명령을 내리는 것처럼 보였지만, 고루신마의 망자제령종이 울린 후에도 돌아간 생강시는 한 구도 없었다.

고루신마가 이끌고 온 열 구의 생강시 중 멀쩡하게 서 있는 것은 단 한 구도 남아 있지 않았다.

"헉. 헉."

그리고 혼자서 생강시 열 구의 목을 모조리 베어내 버린 사무진은 거칠게 숨을 몰아쉬었다.

"교주님, 괜찮으십니까?"

그제야 마도삼기가 사무진의 곁으로 다가왔다.

그리고 그들이 사무진을 바라보는 눈에는 감출 수 없는 경탄의 빛이 떠올라 있었다.

조금 전 역린검의 검신에 맺혀 있던 무려 두 자 길이의 검강.

시간이 지나며 두 자 길이의 검강은 조금씩 그 형태가 희미해졌지만, 그것만으로도 충분히 대단한 일이었다.

"뭐, 그럭저럭 견딜 만해요."

"정말 대단하십니다."

"명색이 마교의 교주인데 이 정도는 해야죠."

"역시!"

"나야 그렇다 치고 강시 하나도 제대로 처리하지 못해서 역사상 가장 강한 마교의 문지기라고 할 수 있겠어요?"

"분발하겠습니다."

마도삼기가 고개를 숙였다.

그리고 그 모습을 바라보던 사무진이 다시 입을 뗐다.

"그동안 너무 편하게 지낸 것 아니에요?"

"……"

"……"

"마교도다운 독기와 근성이 사라졌어요. 몸 속에 숨어 있는 마기를 이끌어내요. 잘 안 되면 내가 도와줄 수도 있는데."

사무진이 넌지시 꺼낸 제안.

그 제안이 의미하는 바가 무엇인지 깨달은 마도삼기가 화들짝 놀라 재빨리 대답했다.

"아닙니다."

"교주님께 그런 도움까지 받을 수는 없습니다."

"숨어 있는 마기는 저희가 알아서 꺼내겠습니다."

마도삼기의 대답을 흘려들으며 사무진은 반쯤 넋이 나가 있는 고루신마에게로 걸음을 옮겼다.

"도검불침인 생강시의 목을 베어내다니……."

충격이 큰 것일까.

"이건 있을 수 없는 일이야."

반쯤 넋이 나간 채 혼잣말을 중얼거리고 있던 고루신마는 사무진이 다가오자 두려운 듯 뒤로 물러났다.

띠리링, 띠리링.

그리고 여전히 미련이 남은 듯 망자제령종을 힘껏 흔들었지만, 이미 목이 잘린 생강시들이 다시 일어날 리 만무했다.

그런 고루신마의 모습을 한심하게 바라보던 사무진이 성큼성큼 다가가 손에 들린 망자제령종을 빼앗아 바닥에 던져 버렸다.

"영감이 도검불침이라고 자랑하던 생강시의 목도 잘라냈는데 사람 목을 베는 것은 훨씬 쉽겠죠?"

"……?"

"그냥 죽을래요? 아니면 살아서 돌아갈래요?"

어서 선택하라는 사무진의 재촉을 받은 고루신마의 눈빛이 급격히 흔들렸다.

마도삼기와 아미성녀의 명성은 그저 얻은 것이 아니었다.

사무진처럼 상대하고 있던 생강시의 목을 잘라내지는 못했지만 일방적으로 손해를 보며 밀린 것도 아니었다.

물론 이대로 시간이 더 흘렀다면 상황은 도검불침인 생강시들에게 유리하게 흘러갔겠지만 그전에 생강시들이 모두 쓰러졌다.

믿을 수 없게도 새파란 애송이 하나에 의해.

"살아서… 돌아가겠다."

잠시 고민하던 고루신마가 대답을 꺼냈다.

"그래도 살고는 싶은가 보네요."

"……."

"내가 여기서 살려주면 쪼르르 달려가서 천중악에게 이르겠네요. 아닌가? 사도맹주에게 이르려나?"

실소를 머금은 채 꺼내는 사무진의 이야기로 인해 자존심이 상했지만 고루신마는 흥분하지 않았다.

그리고 고루신마가 참고 있는 이유는 목숨이 아까워서가 아니었다.

그에게는 생강시가 전부가 아니었다.

삼십 년간의 부단한 연구의 성과로 완성되기 일보직전인 혈강시가 남아 있었다.

'혈강시만 완성한다면…….'

혈강시와 생강시의 차이는 엄청났다.

생강시는 단순한 도검불침의 경지에 불과했지만 혈강시는 완벽한 금강불괴였다.

그 어떤 공격에도 쓰러지지 않을 것이고 그때는 지금 눈앞에 서 있는 사무진에게 오늘의 치욕을 모두 갚을 수 있을 터였다.

"나를 살려주는 조건은 뭐냐?"

"어렵지는 않아요. 몇 가지만 솔직하게 대답해 주면 돼요."

"좋다. 말해보거라."

고루신마가 순순히 고개를 끄덕이자 사무진이 첫 번째 질문을 던졌다.

"천중악은 요즘 뭐 하고 지내요?"

그리고 그 질문이 끝나기 무섭게 고루신마의 얼굴에 노기가 떠올랐다.

그러나 그도 잠시, 체념한 표정으로 대답했다.

"교주님은 여전히 잘 지내고 계신다."

"사도맹주 아래서 말 잘 듣는 강아지가 되었나 보죠?"

"감히 그런 말을……!"

"후회하지 않아요?"

버럭 소리를 지르던 고루신마가 움찔하며 도중에 멈추었다.

"무슨 의미냐?"

"나도 자세한 상황까지는 잘 몰라요. 그렇지만 당시에 천중악이 어떤 생각을 했는지 대충은 짐작이 가요."

"……?"

"아마 새로운 마교를 만들고 싶었겠죠. 자신과 뜻이 다른 사람들을 모두 털어내고 온전히 자신만의 마교를. 그리고 천중악의 의도는 성공했죠."

"네 말대로라면 후회할 것이 뭐가 있느냐?"

"그래요. 거기까지는 아주 좋았죠. 그런데 새로운 문제가 생겼어요. 마교가 사라져 버렸으니까."

고루신마의 표정이 굳어졌다.

그리고 고루신마는 끝내 대답하지 않았다.

하지만 당황하는 표정만으로도 사무진은 충분히 짐작할 수 있었다.

천중악은 지금 후회하고 있다는 사실을.

"하나만 더요."

"말해라."

"돌아올 생각은 있나요?"

사무진이 던진 이번 질문에는 고루신마가 조금 전처럼 고민하지 않았다.

"돌아갈 곳은 없다."

"너무 멀리 갔나요?"

"이 강호에 마교는 하나뿐이지."

사무진이 고개를 끄덕였다.

이 대화를 통해서 확실히 깨달을 수 있었다.

언제가 될지는 몰라도 천중악과는 부딪쳐야 한다는 사실을.

"그럼 조심해서 돌아가요."

"정말로 보내주는 것이냐?"

"배첩 못 봤어요?"

"배첩이라면 보았다."

"그럼 봤겠네요. 새로운 마교라는 말. 그냥 적은 말이 아니거든요. 어차피 얼마 지나지 않아 죽게 될 노인하고 한 약속은 지켜요."

그 말을 남긴 사무진이 미련없이 돌아섰다.

그런 사무진의 등을 물끄러미 바라보던 고루신마가 망설이다 입을 뗐다.

"나도 하나만 묻자."

"뭔데요?"

"너는 두렵지 않으냐?"

"뭐가요?"

"사도맹, 무림맹, 아니, 이 강호가 모두 적이라고 한다면?"

마치 시험이라도 하듯이 던지는 고루신마의 질문.

그리고 사무진이 이 질문에 대답을 꺼내지 못할 것이라는 고루신마의 예상과 달리 대답은 금세 돌아왔다.

"하나도 두렵지 않아요."

"……."

"만약 그게 두려웠다면 시작도 안 했을 거예요."

사무진의 입가에 떠올라 있는 자신 있는 미소를 확인한 고루신마의 눈에는 이채가 스치고 지나갔다.

*　　　*　　　*

칠흑처럼 짙은 어둠으로 물든 밤.

한 치 앞도 제대로 보기 힘든 어둠 아래 흑색 복면을 쓴 하나의 인영이 비조처럼 허공에서 떨어져 내린 뒤 허름한 관제묘의 입구로 순식간에 모습을 감추었다.

관제묘 안으로 들어선 인영은 곧 걸음을 멈추었다.

이미 선객이 있었다.

모닥불을 피워놓고 손바닥을 앞으로 내밀어 불을 쬐고 있는 선객은 다름 아닌 호중천이었다.

그리고 호중천을 확인한 복면인은 주저하지 않고 맞은편에 주저앉았다.

"늦었습니다."

"아니오. 나도 도착한 지 얼마 지나지 않았으니 신경 쓰지 마시오."

이제 더 이상 정체를 감출 필요가 없다고 생각해서일까.

복면을 벗자 사내의 얼굴이 드러났다.

각이 진 얼굴에 날카로운 눈매.

그 사내가 호중천의 앞으로 하나의 서찰을 내밀었다.

"전해 드리라 하셨습니다."

호중천은 사내가 내민 서찰 속에 적혀 있는 내용을 확인하지도 않고, 바로 품속으로 넣었다.

그리고 그 서찰에 대한 답례라도 하듯 입을 뗐다.

"희소식이 있소, 그것도 세 가지씩이나."

"……."

"우선 중경이는 아버님의 관심에서 멀어졌소. 비록 목숨이 붙어 있기는 하지만 무인에게 있어서 목숨보다 소중하다 할 수 있는 단전이 파괴되었으니 죽은 것보다 오히려 더 비참하게 되었소. 사도맹의 후계자는 나뿐이오."

"알겠습니다."

"다음으로 아버님과 천중악 사이의 갈등이 점점 고조되고 있소. 하긴 그 정도면 천중악도 오래 참은 셈이지. 아무리 멍청하다고는 하나 천중악은 한때 천하를 호령하던 마교의 교주였던 자. 그가 움직일 때가 바로 거사를 진행할 때일 것이오."

"……."

"그리고 마지막 희소식은 난데없이 나타난 미꾸라지 한 마리가 흙탕물을 튀기며 시선을 끌고 있다는 것이오. 더구나 생각보다 그 미꾸라지가 목숨줄이 길어 움직이기 쉬워졌다는 것이오. 아무래도 하늘의 뜻이라 생각하오."

호중천의 입가로 자신만만한 미소가 스치고 지나갔다.

그리고 그런 호중천의 앞에 앉아 있던 사내가 조심스럽게 입을 뗐다.

"어르신께서는 공자님만 믿는다고 하셨습니다."

"알고 있소. 그 믿음에 대한 결실을 얻을 날이 멀지 않았다고 전하시오. 참, 그런데 그녀는 잘 지내고 있소?"

그제야 떠오른 듯 호중천이 갑작스레 던진 질문을 들은 흑의인의 얼굴에 곤혹스런 빛이 떠올랐다 사라졌다.

"잘 지내고 계십니다."

"다행이오. 일간 한번 만나고 싶다고 전하시오. 이제 슬슬 나의 존재에 대해서도 알아야 할 때가 된 것 같소."

"알겠습니다. 그럼 이만 저는 돌아가겠습니다."

흑색 복면을 다시 쓰는 사내를 향해 호중천이 고개를 끄덕였다.

핏.

그리고 순식간에 흑의 복면인이 사라지고 나자, 호중천의 입가에 떠올라 있던 미소는 금세 자취를 감추었다.

호중천은 그녀에 대해 이야기를 꺼낼 당시 사내의 얼굴에 곤혹스런 표정이 떠오른 것을 놓치지 않았다.

"마음이 변했군. 비영."

"네, 주군!"

"모든 것을 상세히 파악하도록."

"네!"

대답을 남긴 비영의 기척이 사라졌다.

"네가 아무리 발버둥친다 하더라도 어차피 나를 벗어날 수는 없다. 내 손에 강호가 들어오는 날이 얼마 남지 않았으니까."

호중천의 입가로 차가운 웃음이 떠올랐다.

                    *   *   *

"자네, 팔자 좋군."

시원하게 불어오는 밤바람을 맞으며 하늘을 올려다보고
있던 사무진의 곁으로 홍연민이 다가왔다.

그리고 그런 홍연민의 얼굴에는 초조한 기색이 떠올라 있
었지만 사무진은 여유롭게 입을 뗐다.

"별이 많네요."

"지금 상황에 별이 눈에 들어오나?"

"솔직히 말할까요?"

"그래."

"안 들어와요."

"그런데 왜 하늘은 올려다보고 있는가?"

"실은… 내 방에 손님이 있어서요."

"손님?"

"아미성녀님이 내 방에서 떠날 생각을 하지 않아서 그냥
내가 나왔어요."

사무진이 꺼낸 대답을 듣고 그제야 홍연민이 안쓰러운 표
정을 지었다.

그리고 위로라도 하듯 한마디를 던졌다.

"좋은 분이네."

"그래서요?"

"될 수 있으면 잘해 드리게."

"자기 일 아니라고 너무 쉽게 말하는 것 아니에요?"

"굳이 그런 것은 아니지만… 어쨌든 이번 일을 겪으면서 느끼지 않았나? 절대고수의 존재가 얼마나 힘이 되는지."

사무진이 못마땅한 표정을 지었다.

그러나 지금 홍연민이 꺼낸 말이 틀린 말이 아니었기 때문에 사무진은 아무런 대꾸도 하지 못했다.

고루신마가 이끌고 온 열 구의 생강시.

그 생강시들을 상대하며 사무진도 많은 것을 느꼈다.

심 노인과 홍연민의 이야기처럼 마도삼기는 강했다.

각자 생강시 두 구와 맞서 싸우면서도 전혀 밀리지 않았으니까.

그리고 매난국죽도 약하지 않았다.

고전을 면치 못하기는 했지만 생강시 두 구를 맞아 싸우면서도 끝내 먼저 쓰러지지 않았으니까.

하지만 그게 다였다.

마도삼기와 매난국죽, 그리고 사무진을 제외하면 현 마교에서 제대로 된 실력을 갖춘 이는 아무도 없었다.

다시 말해, 마도삼기와 매난국죽이 감당할 수 없는 자들이 몰려온다면 그대로 마교는 끝이라고 봐도 무방했다.

다행히 이번에는 사무진이 생강시를 모두 처리할 수 있었지만, 만약 고루신마가 끌고 온 생강시가 서너 구만 더 있었더라도 상황은 달라졌을 것이다.

이번에 확실히 깨달았지만 사무진이 마기를 폭발시켜 강기를 사용할 수 있는 시간은 약 일각에 불과했다.

'생사판 염혼경 같은 고수가 서너 명만 들이닥친다면?'

머릿속에 떠올린 생각에 대한 답은 금방 나왔다.

사무진 혼자서는 감당할 수 없었다.

그리고 마교는 그대로 끝나는 것이었다.

"이대로는 안 되네."

"알아요."

"그러니 최대한 서둘러야 하네. 사도맹이 언제 다시 쳐들어올지 모르니까."

"그렇지 않아도 혈마옥으로 떠날 생각이에요. 그리고 나간 김에 몇 군데 들렀다 올 생각이에요."

"어디를 들른다는 말인가?"

몇 군데 들를 때가 있다는 말에 홍연민이 의아한 표정을 지었다.

원래 사무진이 가려 했던 곳은 혈마옥이었다.

그곳에 들러 마교의 장로들과 함께 돌아올 것이라 생각했는데 사무진은 혈마옥 외에도 몇 군데 더 들를 데가 있다고 말하고 있었다.

"소림사에 좀 갔다 올게요."

"소림사?"

소림사는 정파 무림의 태산북두.

당연히 마교와는 어울리지 않는 곳이었다.

아니, 아예 극성이라고 해도 과언이 아닌 곳이었다.

그런데 마교의 교주가 소림사에 들른다니.

"자네, 마교와 소림사가 어울린다고 생각하나?"

어이없다는 표정을 지은 채 홍연민이 꺼낸 질문에 사무진이 당당하게 대꾸했다.

"그렇게 잘 어울리는 곳은 아니죠."

"그런데 대체 소림에는 왜 가려는가? 굳이 불공을 드리려고 한다면 소림사가 아니라 다른 절로 가게. 내가 몇 군데 추천해 주겠네."

"꼭 소림사로 가야 돼요. 거기서 만나서 포섭할 인재가 있거든요."

"설마 소림사의 승려를 마교의 인물로 포섭하겠다는 말인가?"

"맞아요."

"지금 제정신인가?"

"너무 멀쩡하니 걱정하지 말아요. 그리고 그다음에는 흑산채에도 잠깐 들렀다가 와야 해요."

담담하게 흘러나온 사무진의 이야기를 듣던 홍연민이 이

마를 짚었다.

소림사에 이어서 흑산채라니.

흑산채는 산적들의 소굴이었다.

지독한 가뭄에 의한 흉년으로 굶주림에 지친 양민들이 낫이나 곡괭이를 들고 산적 행세를 하는 것이 아닌 진짜 산적들의 소굴.

녹림칠십이채 중 하나에 속해 있는 곳이니 더 말해 무엇할까.

그런데 소림사로도 모자라서 흑산채에까지 가서 인재를 포섭하겠다고 하는 말을 들으니 다시 골치가 지끈거리기 시작했다.

"대체 누군가?"

"말해도 모를 거예요."

"좋네, 그럼 다른 질문을 하지. 자네가 그들에게 찾아가서 마교도가 되라고 하면 그들이 기다렸다는 듯이 그렇겠다고 할 것 같은가?"

"그러지 않을까요?"

"자네 꿈이 너무 크군. 전부터 계속 말했었지만 마교를 좋아하는 사람은 이 강호에 그리 많지 않네."

"혹시 알아요? 그리 많지 않은 사람들 중의 하나라서 좋아할 수도 있잖아요."

"자네 역시 문제로군. 전에는 이렇지 않았는데. 이게 다 심 노인 때문일세. 그 정신 나간 노인 곁에 오래 있더니 이상하게 변해 버렸어."

"사이좋게 지내라니까요. 그리고 만약에 반응이 영 시원치 않으면 한 자리 주겠다고 약속하죠. 뭐."

별것 아니라는 듯이 답하는 사무진을 보던 홍연민이 언성을 높였다.

"좋네. 다 때려치우고 소림사에는 어떻게 들어갈 텐가?"

"솔직하게 말하죠, 마교의 교주라고."

"아마 모르긴 몰라도 나한전에 있던 소림의 무승들이 모조리 달려나와서 자네를 반기지 않을까?"

"그럼 다른 방법을 쓰죠."

"다른 방법이라면?"

"내 옆에는 아미성녀가 있잖아요."

사무진이 꺼낸 대답에 이번에는 홍연민도 만족스러운 표정을 지었다.

아미성녀라면 어디를 가도 대접받을 자격이 충분했다.

그리고 그것은 소림사도 마찬가지였다.

"기발한 생각이로군."

"그렇죠?"

"역시 아미성녀와는 좀 더 친한 사이로 발전하는 것이 좋겠네."

"진짜 너무한 것 아니에요?"

"대를 위해 소를 희생한다고 생각하게."

진지하게 이야기하는 홍연민을 보던 사무진이 길에 한숨을 내쉬었다.

"그럼 갈게요. 내가 없는 동안 마교를 잘 부탁해요."

"지금 가려고?"

"잠도 안 오는데요 뭘. 그리고 괜히 심 노인에게 들켰다가는 또 따라간다고 난리를 칠지도 모르고."

"하긴 따라간다면 소림사 앞에서 망발을 늘어놓을지도 모르지."

"솔직히 말하면 무림맹에서 심 노인이 무림맹주에게 소리치는 것을 보고 심장이 덜컥 내려앉는 줄 알았어요."

"이해하네. 나도 수명이 십 년은 준 것 같으니."

사무진과 홍연민이 동시에 웃음을 지었다.

"마교는 걱정하지 말게. 마도삼기도 있고, 매난국죽도 있으니까. 그리고 혹시 위험하다는 생각이 들면 자네에게 연락하겠네."

"어떻게요?"

"전에 내가 한 말 기억나나? 내가 무척이나 괜찮은 군사라고 하지 않았나?"

"그런데요?"

"그동안 훌륭한 연락 체계를 구축해 두었지."

"새 몇 마리 샀나 보네요."

전서구를 산 것이라 생각하고 사무진이 심드렁하게 꺼낸 말을 듣고서 홍연민이 정색하고 말했다.

"전서구는 다른 이의 손에 들어갈 수 있기 때문에 위험하네."

"그럼요?"

"두고 보면 알 걸세."

"뭐, 어쨌든 알아서 해요. 그럼 난 갈게요."

먼 길을 떠나기 위해 등을 돌린 사무진이 슬쩍 손을 들어 홍연민의 인사에 답했다.

荷蘂乳蒸煎棗湯細鍚美禧佑帝于此
至大改元四月佛浴道吉廣為傳祿譯
日弟子趙孟順敬書長壁前再一
老君演此真妙経竟正

"빠르기는 하네요."

경공을 펼치는 아미성녀의 품에 안긴 채 사무진이 진심으로 감탄했다.

주변 경관이 휙휙 소리와 함께 지나가고 있었다.

그리고 사무진도 양심이 있었다.

"힘들지 않아요?"

"괜찮다."

"힘들게 이러지 말고 경공을 가르쳐 달라니까요."

사무진은 경공을 배운 적이 없었다.

희대의 살인마들에게 배운 것은 잡기들뿐이었고, 무명 노인에게도 천지미리보라는 희대의 보법은 배웠지만 경공은 아니었다.

그래서 아미성녀에게 차라리 경공을 가르쳐 달라고 부탁했지만, 아미성녀는 마치 대단한 비기라도 되는 양 끝내 가르쳐 주지 않았다.

"대체 왜 안 가르쳐 주는데요?"

"네게 경공을 가르쳐 주면 내 곁을 떠날까 두려워서다."

그리고 아미성녀가 꺼낸 핑계를 듣고 사무진은 깔끔하게 포기했다.

역시 녹록치 않았다.

연륜이 있어서인지 아미성녀는 사무진의 속마음을 훤히 꿰뚫고 있었다.

그래서 조용히 입을 다물고 얼굴을 때리고 있는 시원한 밤바람을 즐기던 사무진의 귀에 아미성녀가 꺼내는 이야기가 들렸다.

"천하제패를 꿈꾸느냐?"

"아니요."

"욕심이 생기지 않느냐?"

"별로요."

"원한다면 내가 도와줄 수 있다."

"생각없다니까요."

사무진이 정색한 채 대꾸하자 아미성녀는 잠시 침묵하다

다시 질문을 던졌다.

"그럼 네가 원하는 것은 무엇이냐?"

"모르겠어요. 솔직히 말하면 지금 이 순간도 꿈을 꾸는 것 같아요."

"나와 함께 있는 것이 좋다는 뜻이냐?"

"그건 아니거든요."

사무진이 날카롭게 지적하고 난 다음 다시 말을 이었다.

"그러니까 무림맹주님이나 아미성녀님이나 내겐 다른 세 상에 살던 사람이었죠. 무림맹주님과 마주 앉아서 차를 마시 고 아미성녀님의 품에 안기게 될 것이라고는 꿈에도 생각지 못했죠. 아직도 내가 마교의 교주라는 것이 믿기지 않아요."

표정이 조금은 진중하게 변한 사무진의 대답을 듣고서 아 미성녀도 뭔가를 느꼈을까?

"그래서 후회하느냐?"

"아직은 잘 모르겠어요. 내 의지와 상관없이 이렇게 변해 버렸다는 것이 아직도 얼떨떨하기만 해요. 하지만 나중에는 후회할지도 모르죠."

"그럴 수도 있겠구나."

"뭐, 나중에는 후회하게 될지도 모르겠지만 일단은 최선을 다해보려고 해요. 조금 겁이 나는 것이 사실이기는 하지만."

씁쓸한 웃음을 머금고 있는 사무진을 아미성녀가 물끄러 미 바라보았다.

그리고 힘을 실어주기 위해서 한마디를 던졌다.

"너는 강하다!"

"알아요."

"……."

"하지만 마교는 약하죠."

사무진의 대꾸에 아미성녀도 부인하지 않았다.

"그래서 여기에 왔어요. 이제 그만 내려주세요."

아미성녀가 경공을 펼치던 것을 멈추었다.

그리고 그제야 바닥에 내린 사무진의 눈에 무림맹이 희미하게 보였다.

"오래 걸리진 않을 거예요."

고개를 끄덕이는 아미성녀를 보던 사무진이 어둠을 뚫고 무림맹의 근처로 다가갔다.

"높긴 높네."

무려 이 장 가까운 무림맹의 담장을 바라보던 사무진이 다시 쓴웃음을 지었다.

이렇게 다시 마주하니 대체 그때 만취한 상황에서 어떻게 이 높은 담을 넘었는가가 신기할 정도였다.

그렇게 물끄러미 무림맹의 높은 담장을 바라보던 사무진이 아미성녀에게로 고개를 돌렸다.

"부탁 하나만 할까요?"

"무엇이냐?"

"쥐새끼 두 마리만 잡아주세요."

"알고 있었느냐?"

뜬금없는 사무진의 부탁이었지만, 아미성녀는 당황하지 않았다.

그리고 기다렸다는 듯이 지풍을 날렸다.

아미성녀의 손끝에서 빠져나가는 두 가닥의 경력.

강호에 일절로 알려진 아미파의 이지선(二指禪)이었다.

지풍(指風)이 다가온다는 것조차도 느끼지 못할 정도로 은밀하지만 단단한 돌멩이도 부숴 버릴 정도로 위력이 있는 이지선이 펼쳐지자 지금까지 모습을 감추고 있던 두 마리의 쥐새끼들이 결국 모습을 드러냈다.

그리고 모습을 드러낸 쥐새끼들은 바로 서문유와 정소소였다.

사무진이 기가 막힌 표정을 지었다.

아무도 모르게 떠났다고 생각했는데 두 명씩이나 뒤를 따르고 있었다.

그리고 몰래 뒤를 따르던 것이 들켰음에도 불구하고 서문유와 정소소 모두 뻔뻔하기 그지없었다.

"넌 왜 따라왔어?"

"늘 네 곁에 머물겠다고 미리 말했었다."

못마땅한 표정을 지은 채 사무진이 던진 질문에 서문유는 퉁명스레 대꾸했다.

"그럼 넌?"

"나야 약속을 지키는가를 확인하기 위해서지."

냉랭한 눈빛을 한 채 역시 당당하게 대답하는 정소소를 확인한 사무진이 어쩔 수 없이 고개를 끄덕였다.

그리고 고개를 끄덕이던 사무진은 문득 이상하다는 생각이 들었다.

깜박 잊고 있었는데 정소소에게도 살인 미소를 날린 적이 있었다.

그런데 지금 정소소가 자신을 대하는 눈빛은 여전히 차가웠다.

혹시나 하고 다시 한 번 살폈지만, 차갑기 그지없는 정소소의 두 눈에서는 아무런 감정의 동요도 느껴지지 않았다.

"그런데 넌 괜찮아?"

"뭐가?"

"혹시 날 보면 심장이 뛰지 않아?"

"당연히 뛰지."

"역시 너도 그렇구나."

"널 죽이고 싶은 살기가 넘쳐서 심장이 두근거리긴 하지."

정소소의 대답을 듣고서 사무진이 눈을 빛냈다.

거짓말을 하는 것이 아니었다.

이건 두 눈에서 뿜어지고 있는 한기만 봐도 확실했다.

"어떻게 넌 안 넘어갔지?"

"뭔가 착각하는 것 같은데……."

"……?"

"너 되게 못생겼거든."

못생겼다는 말을 들었는데도 불구하고 전혀 기분이 나쁘지 않았다.

아니, 오히려 기뻤다.

그리고 정작 사무진은 아무렇지 않은데 비해, 아미성녀의 몸에서 갑작스런 살기가 뿜어져 나왔다.

그 살기를 접하고서 정소소가 창백하게 질린 채, 주춤 물러섰다.

하지만 사무진은 지금 아미성녀와 정소소 사이에서 벌어지는 신경전 따위는 전혀 중요하지 않았다.

사무진이 가장 궁금한 것은 어떻게 정소소는 자신이 날린 살인 미소에 넘어오지 않았느냐는 것이었다.

"내 살인 미소를 보고 너도 좋아했었잖아."

"아, 그거. 잠깐 넘어갔었지."

"그런데?"

"어차피 섭혼공의 일종일 뿐이잖아. 잠깐 정신이 어떻게 됐었지만 사부님께서 일러주신 구결을 따라 운기하니까 금방 괜찮아지던데."

"그래?"

사무진이 히죽 웃음을 지었다.

역시 방법이 있었다.

색마 노인이 주수란에게 환환만화공을 펼쳐서 실패한 데는 다 이유가 있었다.

"그거 좀 가르쳐 주면 안 될까?"

"역시 뻔뻔해."

"……?"

"타문파의 절기를 다짜고짜 가르쳐 달라니. 제정신이야?"

진심으로 화가 난 듯 펄쩍 뛰고 있는 정소소를 보고 사무진은 실수했다는 사실을 깨달았다.

하지만 쉽게 포기할 수도 없었다.

지금 이 순간에도 아미성녀의 부담스런 시선이 느껴지는데.

"나중에 다시 얘기하자."

"얘기할 것도 없어!"

다시 소리를 지르는 정소소에게는 아무 대꾸도 하지 않고, 사무진이 아미성녀에게 다가갔다.

그리고 긴장하는 기색이 역력한 아미성녀의 귀에 대고 속삭였다.

"왜 긴장하고 그래요?"

"……"

"제가 무림맹 안으로 들어가고 나면 저 두 사람의 수혈을 짚어요."

"왜 그러느냐?"

"방해꾼이 있는 것은 싫어요. 우리 둘이서만 오붓하게 떠나는 것이 좋지 않아요?"

나긋나긋한 사무진의 목소리. 아미성녀의 뺨에 이내 홍조가 어렸다.

그리고 얼굴이 붉어진 것은 아미성녀만이 아니었다.

서문유와 정소소도 얼굴이 붉게 달아오른 채 기가 막히다는 시선을 보내고 있었다.

나름대로는 귓속말로 속삭였지만 아무래도 서문유와 정소소도 사무진이 했던 말을 들은 것 같았다.

하지만 상관없었다.

서문유와 정소소의 실력이 아무리 대단해도 아미성녀를 감당할 수는 없을 테니까.

"부탁해요."

"네 마음을 알았으니 걱정하지 마라!"

아미성녀의 대답을 듣고서 사무진이 마침내 무림맹을 향해 걸어갔다.

그리고 이 장이나 되는 높은 무림맹의 담장을 넘기 위해 준비하고 있는 사무진의 등을 향해 서문유가 입을 열었다.

"무림맹을 우습게 보지 마라."

"뭔 소리야?"

"담장을 넘는다고 해서 들키지 않을 것 같은가?"

언짢은 표정을 짓고 있는 서문유에게 고개를 돌린 사무진이 웃으며 대꾸했다.

"들키려고 이리로 들어가는 거야."

"어이쿠!"

담장 가운데 매달린 채 몇 번이나 바둥거린 끝에 마침내 사무진이 무림맹의 담벼락에 올라섰다.

그리고 사무진이 지체없이 신형을 날렸다.

쿵.

칠흑같은 어둠.

그리고 사위가 워낙 조용했기에 사무진이 담벼락 아래로 떨어지며 만들어지는 소리가 더욱 크게 느껴졌다.

"자객치고는 멍청하군!"

어김없이 한마디가 흘러나왔다.

하긴 사무진이 엉덩방아를 찧으며 이 정도로 큰 소리가 났는데 눈치채지 못한다면 그게 오히려 이상한 일이었다.

"들켰네."

더벅머리를 긁적이며 히죽 웃음을 지은 사무진은 당황하지 않았다.

아까 서문유에게 대답했듯이 어차피 들키는 것이 목적이었으니까.

"요즘도 자객이 자주 오나 봐요?"

"너는?"

"설마 벌써 얼굴을 잊어버린 건 아니죠?"

한참 만에야 사무진의 얼굴을 확인한 허민규는 놀란 표정을 감추지 않았다.

"자네가 이곳에 웬일인가?"

"우선 목에 대고 있는 이 칼부터 좀 치우고 대화를 나누면 안 될까요?"

사무진이 손을 내밀어 목덜미에 겨누어져 있던 검신을 가볍게 밀어냈다.

그리고 그제야 정신을 차린 허민규가 서둘러 검을 회수하며 입을 뗐다.

"이런 식으로 만나게 될 줄은 꿈에도 몰랐군."

"옛날 생각이 나서요."

"자네는 마교의 교주라네."

"그게 왜요?"

"예전에는 어땠을지 몰라도 지금은 무림맹의 담을 넘지 않고 그냥 정문으로 당당하게 들어와도 된다는 뜻이지."

"그 정도는 나도 알아요. 그런데 그러면 안 되는 이유가 있어요."

"이유라니?"

허민규의 얼굴에 떠올라 있는 의아한 표정을 확인하고서

사무진이 히죽 웃으며 대답했다.

"실은 부탁이 있어서 찾아왔어요."

"나에게 말인가?"

"그래요. 들어줄 거죠?"

"뭔가?"

"어려운 건 아니니까 그렇게 긴장하지는 말아요."

걱정하지 말라는 듯 사무진이 한마디를 던졌지만 허민규의 얼굴에 떠올라 있는 불안감은 여전히 사라지지 않았다.

그런 그를 향해 사무진이 마침내 부탁을 꺼냈다.

"혈마옥에 들어가고 싶어요."

"뭐라고?"

예상과는 전혀 다른 사무진의 부탁을 듣고 허민규가 멍한 표정을 지을 때, 사무진이 한마디를 덧붙였다.

"마교의 교주니까 혈마옥에 들어갈 자격은 충분하잖아요."

허민규가 정신을 차린 것은 한참이나 흘러서였다.

그리고 당장에 포승을 묶어서 혈마옥으로 끌고 가는 대신 일전에 사무진과 함께했던 밀실로 데려가 향이 아주 좋은 차까지 대접했다.

"마교의 교주가 좋기는 하네요."

"그런가?"

"한밤중에 무림맹의 담을 넘어도 당장 감옥에 집어넣기는 커녕 이렇게 따끈한 차까지 대접해 주니까요."

사무진의 이야기를 듣던 허민규가 쓴웃음을 지었다.

"자주 넘지는 말게."

"차 한잔 주기도 아까워요?"

"그건 아니지만… 자네 말고도 신경 쓸 일이 많네."

"바쁜 척은."

"그보다 진심인가?"

"그럼 할 일이 없어서 이 야밤에 여기까지 와서 담장을 넘었겠어요?"

"이유를 물어도 될까?"

"미운 정도 정이더라구요. 그래서 안부 인사라도 하려구요."

사무진이 대답했지만 허민규는 아직 의문을 해소한 표정이 아니었다.

그리고 잠시 망설이던 허민규가 다시 입을 뗐다.

"혹시 마교의 장로들의 마음을 돌리려고 하는가?"

"역시 눈치가 빠르네요."

"이 자리. 눈치가 빠르지 않으면 절대 버틸 수 없다네."

그 예상이 맞다며 가볍게 고개를 끄덕이는 사무진을 물끄러미 바라보던 허민규가 조심스럽게 입을 열었다.

"가능하다고 생각하나?"

"글쎄요."

"역시 자네도 확신이 없군. 그럼에도 혈마옥에 들어가려 한다는 것은 그만큼 절박하다는 뜻인가?"

"눈치가 정말 대단하네요. 지금 얼마나 받아요?"

"……?"

"마교로 와요. 내가 지금 받는 것의 두 배 줄게요."

허민규가 피식 웃는 것을 보며 사무진도 다시 입을 뗐다.

"거짓말 아닌데. 마교는 훌륭한 인재에게는 지원을 아끼지 않아요."

"마음은 고맙지만 사양하지."

"약점이라도 잡혔나 보네요. 아쉽지만 어쩔 수 없죠."

잠시 아쉬운 표정을 짓고 있던 사무진이 다시 한숨을 내쉬었다.

"어쨌든 혈마옥 안에 들어가서 부딪쳐 봐야죠. 안 그러면 기껏 재건한 마교가 망할 판이니까요."

"그 영감들 고집이 보통이 아닐텐데."

"그건 누구보다 내가 잘 알아요. 삼 년이나 곁에서 겪어봤으니까."

"그런데도 들어가겠다?"

"정 안 되면 협박이라도 해야죠. 나는 마교의 교주이고 저기 있는 희대의 살인마들은 마교의 장로. 내가 더 높잖아요."

사무진의 말을 들은 허민규는 희미한 웃음을 짓기는 했지만 그다지 수긍하는 기색이 아니었다.

"과연 자네 생각처럼 흘러갈까?"

"솔직히 나도 자신없어요. 워낙에 성격이 지랄맞은 영감들이라."

"혈마옥에 들여보내는 것은 어려운 일이 아닌데……."

"그럼 들여보내 줘요."

"자네가 진심으로 원한다면 그리해 주지."

"고마워요. 그리고 부탁이 하나 더 있는데."

"뭔가?"

"술 좀 사줄래요?"

빚이 아직 남아 있다고 생각해서일까. 허민규는 사무진의 부탁을 모두 들어주었다.

그리고 잠시 뒤 허민규가 사무진을 데려간 곳에는 사냥꾼 복장을 한 몇 명의 장한들이 기다리고 있었다.

"이자들은 누구예요?"

"호랑이 전문 사냥꾼들이네. 내가 미리 얘기해 두었으니 자네는 이자들을 따라가면 될 것이네."

"그래요?"

"그럼 행운을 비네."

행운을 빈다는 말을 남긴 채 허민규가 등을 돌려 멀어져 갔다.

구구궁.

거대한 소음을 만들어내며 혈마옥 천장의 석문이 열렸다.

그리고 그 석문이 열리자 사무진은 망설이지 않고 뛰어내렸다.

약 이 년 만에 다시 찾은 혈마옥!

석 달에 한 번씩 내려오는 별식 대신 오늘은 사무진이 떨어져 내렸다.

허리춤에는 술병을 주렁주렁 매달고, 오른손에는 노릇노릇하게 잘 구워진 오리 두 마리를 들고서.

뭐라고 첫인사를 꺼내야 할까.

한참을 고민했다.

그리고 몇 가지 인사말을 떠올렸다.

'교주가 왔으니 마교의 장로들은 무릎을 꿇어라' 하고 소리치면 희대의 살인마들이 '천마불사'를 외치며 사무진의 앞에 일렬로 늘어서서 무릎을 꿇는 것이 가장 바라는 그림이었지만 아무리 생각해 봐도 그렇게 될 것 같지는 않았다.

확실하지는 않지만 '천마불사'라고 소리치며 무릎을 꿇는 것보다는 살기가 잔뜩 실린 숟가락 세례가 날아들 가능성이 훨씬 더 컸다.

물론 천지미리보를 익혔으니 죽을힘을 다해 뛰어다닌다면 숟가락 세례를 피하지 못할 리는 없지만, 그래도 희대의 살인마들은 무서웠다.

그래서 결국 사무진이 선택한 인사말은 이것이었다.

"저 왔어요. 헤헤!"

한 대 맞을 각오를 하고 살인미소를 날렸다.

하지만 이상하게 날아드는 주먹이 없었다.

'이럴 리가 없는데?'

희대의 살인마들의 더러운 성질은 누구보다 사무진이 잘 알고 있었기에 이상하다는 생각이 들었다.

그래서 슬그머니 고개를 든 사무진이 머리를 긁적였다.

아무도 없었다.

혈마옥 내부는 예전 사무진이 지낼 때와 비교해서 신기할 정도로 변한 것이 없었는데, 희대의 살인마들은 보이지가 않았다.

"다들 어디 있어요? 나 왔다니까요."

사무진이 다시 소리쳤지만 아무도 대답하지 않았다.

사무진의 외침은 공허한 메아리가 되어서 돌아왔을 뿐이었다.

어흥.

크르릉.

그리고 그제야 사무진의 귓가에 호랑이 울음 소리가 들려왔다.

혈마옥 안에는 당연히 있을 것이라고 생각했던 희대의 살인마들은 보이지 않고 호랑이들만 있었다.

모두 두 마리의 호랑이가 어슬렁거리며 다가오고 있었지만, 사무진은 그 호랑이들에게는 제대로 눈길조차 주지 않았다.

"대체 어디 갔지?"

전혀 예상하지 못한 상황에 멍하니 서 있던 사무진의 머릿속으로 퍼뜩 하나의 생각이 스치고 지나갔다.

희대의 살인마들이 아무리 강하다고는 하나 사무진이 떠나기 전 자신들의 내력을 나누어주었다.

갑자기 십 년은 더 늙어 보였던 희대의 살인마들의 얼굴.

"설마 호랑이들에게 잡혀먹힌 건가?"

설마라는 생각을 하면서도 이상하게 불안했다.

충분히 가능성이 있었다.

내력도 없는 늙은이들 여섯이 기운이 펄펄 넘치는 수컷 호랑이를 상대하는 것은 결코 쉬운 일이 아니었다.

더구나 안광을 흉포하게 빛내고 있는 두 마리의 호랑이를 보다 보니 그 생각이 틀리지 않다는 불길한 생각이 자꾸만 들었다.

그리고 바닥에 뒹굴고 있는 허연 뼛조각까지 확인한 순간, 사무진은 망설이지 않고 역린검을 뽑았다.

스릉.

청광을 뿌리는 역린검의 검신이 드러났다.

그리고 역린검을 오른손에 든 채로 사무진이 혼잣말을 하듯 중얼거렸다.

"일부러 안 잡은 거죠?"

"……"

"내가 올 줄 알고 기다렸어요?"

"……"

"하여간 게으른 것은 알아줘야 한다니까요."

"……"

"알았어요. 호랑이를 잡는 것은 막내의 일이잖아요."

탐색하듯 사무진을 노려보며 빙글빙글 돌고 있던 호랑이 두 마리 중 성질이 급한 놈이 허공으로 뛰어올랐다.

크허헝.

그리고 앞발의 손톱을 휘두르며 다가오는 호랑이를 향해 시퍼런 청광을 발하고 있던 역린검의 검신이 휘둘러졌다.

도검불침인 생강시의 단단하고 질겼던 목도 잘라냈던 역린검의 검신인데 호랑이를 베지 못할 리가 없었다.

역린검에게서 뿜어지는 청광이 장내를 뒤덮었다.

불과 반 각도 걸리지 않았다.

흉포한 안광을 뿌리고 있던 두 마리의 호랑이가 시체로 변하는 데는.

호랑이의 핏물이 뚝뚝 떨어지고 있는 역린검을 바닥에 아무렇게나 던져 버린 사무진이 바닥에 주저앉았다.

갑자기 예전 기억이 떠올랐다.

검마 노인에게 숟가락으로 먼지가 날 정도로 얻어맞고는 반항할 엄두도 내지 못하고 땅을 파던 시절.

갑자기 다가와서는 호랑이를 잡아야 하는 게 막내의 일이라고 말하며 팔짱을 끼던 검마 노인이 그렇게 야속할 수가 없었는데.

그리고 호랑이 한 마리도 상대하지 못하고 죽을 고비를 넘겼던 것이 마치 엊그제 일처럼 느껴졌다.

지금은 고작 호랑이 두 마리가 아니라 수십 마리가 떼로 덤벼들어도 눈 하나 깜짝하지 않고 해치울 수 있게 되었지만 이상하게 기쁘지 않았다.

가슴속이 콱 막혔다.

그리고 가슴 한편이 텅 빈 것처럼 아파오기 시작했다.

이곳에 와서 자랑하고 싶었는데.

배첩도 돌리고 멋들어진 개파식도 열었다고 자랑하고 싶었는데 그 자랑을 들어줄 사람이 없었다.

희대의 살인마들에게 줄 선물로 챙겨왔던 술병과 오리구이를 꺼냈다.

오리구이가 식지 않도록 잘 싸놓았던 포장지를 벗기자마자 오리구이 특유의 구수한 향기가 혈마옥 안에 번지기 시작했다.

거기에 술병을 따자 흘러나오는 알싸한 주향까지.

"진짜 안 나올 거예요?"

금방이라도 희대의 살인마들이 나타날 것 같았다.

"오리 구이가 노릇노릇하게 잘 구워졌는데."

장난이었다면서 누런 이빨을 드러내며 웃을 것 같았다.

"술도 일부러 비싼 죽엽청으로 사왔는데……."

요즘 너무 심심해서 은신술 놀이를 하던 중이었다고 소리치며 어디선가 갑자기 모습을 드러낼 것만 같았는데.

"빨리 안 나오면 나 혼자 다 먹어버릴 거예요."

희대의 살인마들은 결국 모습을 드러내지 않았다.

죽엽청 한 병이 모두 비워지고, 온기가 남아 있던 오리구이가 차갑게 식어버린 후에도 아무도 나타나지 않았다.

사무진은 움직이지 않았다.

죽엽청과 오리 구이를 차려 놓은 채 처음 그 자리에 주저앉은 상태로 꼬박 하루 밤낮을 보냈다.

왠지 금방이라도 희대의 살인마들이 나타날 것만 같아서 떠날 수가 없었다.

꿈쩍하지 않고 기다린 지 정확히 이틀이 지나고서야 사무진은 깨달았다.

더 기다린다고 해서 희대의 살인마들은 나타나지 않는다는 것을.

이곳에 오면 다시 만날 수 있다는 기대가 무너져서일까.

아니면 희대의 살인마들과 정이 깊이 들어서일까.

예상보다 마음 한편이 훨씬 더 허전했다.

하지만 이대로 계속 주저앉아서 머물 수는 없었다.

그리고 시간이 지나며 사무진의 생각은 다른 방향으로 흘러갔다.

호랑이에게 잡혀 먹힌 게 아닐까 했던 예상이 틀렸다는 것은 얼마 지나지 않아 알아챘다.

혈마옥 안에 있는 하얀 뼈들 중에 인간의 뼈는 하나는 없었다.

더구나 사무진이 아는 희대의 살인마들은 아무런 대책도 없이 사무진에게 전 공력을 모두 건넬 정도로 멍청하지 않았다.

그렇다면 남은 것은 하나였다.

희대의 살인마들이 탈옥했다는 뜻이었다.

혈마옥 안에 있었던 호랑이는 모두 두 마리.

석달에 한 마리가 내려온다고 계산하면 희대의 살인마들이 이곳을 탈옥한 지가 최소 육 개월은 되었다는 뜻이었다.

그것을 알게 된 순간, 마음이 무거워졌다.

"대체 어디로 갔을까?"

거기까지는 알 수 없었다.

하지만 짐작이 가는 곳은 있었다.

탈옥을 해서 세상에 나왔다면 사무진이 만든 새로운 마교의 개파식이 열린다는 소식을 듣지 못했을 리 없었다.

하지만 그들은 그곳으로 오지 않았다.

그렇다면 그들이 갈 곳은 한 군데뿐이라는 생각이 들었다.

바로 천중악이 있는 마교로 갔을 것이었다.

"치사하게!"

희대의 살인마들의 선택에 대해서 비난하기도 어려웠다.

하지만 서운한 마음이 드는 것은 어쩔 수 없었다.

어쩌면 처음부터 희대의 살인마들에게 사무진은 미운 정을 주었던 사이였을 뿐인지도 몰랐다.

다만 사무진만이 그 미운 정에 매달렸을 뿐이었고.

멍하니 앉아 있던 사무진의 머릿속으로 또 하나의 의문이 떠올랐다.

다시는 세상 밖으로 나갈 것 같지 않을 것처럼 보이던 희대의 살인마들이었다.

그리고 실제로 무려 삼십 년이 넘는 시간을 혈마옥에 얌전히 갇혀 있었고.

그런데 왜 하필이면 지금 탈옥했을까.

무슨 계기가 있었을까.

쉬지 않고 의문들이 생기기 시작했다.

하지만 그 의문들을 풀 수 있는 방법은 현재로서는 없었다.

"가야지!"

사무진이 자리에서 일어났다. 괜히 눈물이 났다.

소매를 들어 눈물을 닦아낸 사무진이 마지막으로 혈마옥

을 둘러보았다.

좋았던 기억보다는 아프고 힘들었던 기억이 훨씬 더 많이 남아 있는 곳이었지만 이제 마지막이라는 생각이 들자 괜히 아련한 느낌이 들었다.

더 머물다가는 또 눈물이 나올 것만 같아서 사무진은 머리를 슬쩍 만지고서는 천괴지둔공을 펼쳤다.

그렇게 땅속으로 파고들었던 사무진이 튕기듯이 다시 밖으로 나왔다.

그리고 그런 사무진이 인상을 쓴 채 머리를 매만졌다.

"이건 뭐야?"

땅속에 뭔가 있었다.

그리고 그것에 부딪쳐서 머리가 찢어진 것 같았다.

숟가락으로 한참을 땅을 판 후에 마침내 꺼낸 것은 하나의 목함이었다.

조심스럽게 목함을 열어보자 고이 접힌 서찰이 들어 있었다.

그 서찰을 펼치자마자 사무진이 입술을 삐죽였다.

전에 기어들어 갔던 곳으로 또 들어갔지? 하여간 창의성이라고는 찾아볼 수 없는 놈이구나. 좀 아팠을 게다!

호랑이 피로 적은 서찰.

그 서찰에 적힌 첫 번째 문장을 보는 순간 눈치챘다.

이건 뇌마 노인이 적은 것이었다.

고소하다는 표정을 지은 채 비웃고 있을 뇌마 노인의 얼굴이 떠올랐다.

그리고 찢어진 머리에서 피가 배어 나왔지만 사무진은 히죽 웃었다.

희대의 살인마들은 알고 있었다.

사무진이 혈마옥으로 돌아오리라는 것을.

그리고 사무진을 잊은 것이 아니었다.

이렇게 사무진을 위해서 서찰을 남겨두었으니까.

네가 이거 발견했을 때는 우리는 이미 그곳을 나온 후일 것이다.

혹시 우리가 없어서 병신같이 울었던 건 아니지?

하긴 네놈이라면 질질 짜고도 남지.

그리고 설마 우리가 한낱 미물인 호랑이한테 잡혀 먹혔을 거라는 말도 안 되는 생각을 했던 것은 아니겠지?

너도 알겠지만 우리 그렇게 만만하지 않다.

각설하고 듣고 싶은 말도 많고, 묻고 싶은 것도 많겠지?

하지만 지금은 궁금해하지 말거라.

그래도 하나는 말해주도록 하마.

우리가 이곳을 나가지 못했던 이유는 천중악 교주 때문이었다.

잘났던 못났던 그는 마교의 교주였다.

더구나 우리가 진심으로 존경하고 따랐던 천금유 교주님의 유일한 핏줄이었지.

그런 그를 죽게 만들 수는 없었다.

길이 다르고 뜻이 다르다 해도 우리는 마교도니까.

다시 만날 것이다.

우리가 보고 싶어 죽겠지?

자세한 이야기는 그때 마저 하도록 하자.

서찰은 거기서 끝났다.

그래서 무심코 접으려던 사무진은 서찰 아랫부분에 뭔가가 적혀 있다는 것을 깨닫고 시선을 돌렸다.

깜박했는데 아미성녀와는 잘 지내지?

사무진이 길게 한숨을 내쉬었다.

"하나도 안 보고 싶네요."

희대의 살인마들이 남겨둔 서찰을 손에 든 채 사무진이 입술을 삐죽였다.

착각 하나는 여전했다.

그리고 서찰을 남길 거면 잘 보이는 곳에 놓아둘 것이지 괜히 이런 곳에 숨겨두어서 남의 눈에서 눈물까지 흘리게 만든 노인네들이 미웠다.

게다가 서찰의 마지막에 남겨진 한 문장은 사무진의 속을 뒤집어놓기에 충분했다.

역시 색마 노인은 모두 알고 있었다.

이렇게 될 것이라는 것을.

"독한 영감!"

서찰을 접어 품속에 고이 넣은 사무진이 자리에서 일어났다.

서찰 속에 적혀 있던 대로 다시 만나게 될 것이다.

그리고 다시 만나게 되었을 때는 어떤 상황일까.

적일까.

아니면 친구일까.

이 강호에 두 개의 마교는 존재할 수 없는 법이었다.

그런 만큼 적이 아니면 친구가 되어 만나게 될 것이었다.

"다시 만나면 용서하지 않을 거예요. 난 마교의 교주니까."

하지만 사무진은 희대의 살인마들과 적이 되어 만나고 싶지 않았다.

그렇게 된다면 너무 가슴이 아플 테니까.

사무진이 크게 숨을 들이켰다.

비록 고대했던 희대의 살인마들과의 만남은 무산되었지만 사무진에게는 할 일이 아직 남아 있었다.

우선은 마교가 망하지 않아야 했다.

그리고 그러기 위해서는 인재를 포섭하는 것이 무엇보다 급했다.

천괴지둔공을 펼친 사무진이 다시 땅속으로 파고들어 갔다.

흠칫.

실눈을 뜨고서 주변을 살피던 서문유가 움찔했다.

높지 않은 천장과 가슴까지 덮여 있는 두터운 이불.

용과 봉황이 수놓아져 있는 화려한 금침을 확인하고서 서문유는 이곳이 자신의 방이 아니라는 것을 확인했다.

벌떡 몸을 일으키려다가 생각을 바꾸고 다시 눈을 감았다.

그렇게 생각에 잠겨 있던 서문유의 기억 속에 자글자글한 주름이 가득한 아미성녀의 얼굴이 떠올랐다.

"내키지는 않지만 어쩔 수 없다. 가가의 부탁이니까."

그리고 결심한 듯 수혈을 짚기 위해서 다가오던 아미성녀의 오른손도.

그게 기억에 남아 있는 마지막 모습이었다.

서문유는 고수였다.

약관이 조금 지난 나이에 무림맹 소속 청룡단의 부단주라는 직책을 맡았다는 것은 모두가 그가 강하다는 것을 인정하는 것이었다.

하지만 그는 진짜 실력을 감추고 있었다.

지금까지 사람들의 앞에서 그가 드러낸 실력은 전부가 아니었고, 약 서 푼 정도의 실력을 감추고 있었다.

하지만 아무리 그가 감추어둔 서 푼의 실력까지 모두 꺼낸다 하더라도 감히 아미성녀의 상대가 될 수는 없었다.

본능적으로 위험을 느끼고 뒤로 물러났지만 아무 소용이 없었다.

그리고 그의 기억은 거기까지였다.

'수혈을 짚였군!'

지금 여기에 누워 있는 이유를 대충 짐작해 낸 서문유가 의아한 표정을 지었다.

새근새근.

고른 숨소리가 들렸다.

왼편으로 고개를 돌린 서문유의 눈에 정소소가 보였다.

아기처럼 웃음을 지은 채 잠들어 있는 정소소를 흔들어 깨우기 위해 손을 뻗다가 서문유는 멈추었다.

얼굴에 있는 솜털까지 모두 보일 정도로 가까운 거리.

'예쁘군!'

두근두근.

물끄러미 잠들어 있는 정소소의 얼굴을 바라보던 서문유는 갑자기 가슴이 뛰기 시작하는 것을 느꼈다.

늘 서옥령의 곁에서 그녀를 바라보며 살아왔던 서문유였다.

그래서일까.

다른 여인들을 만날 기회가 있었지만 전혀 예쁘다는 느낌을 받지 못했었다.

그런데 서문유는 지금 태어나 처음으로 서옥령이 아닌 다른 여자가 아름답다는 느낌을 받았다.

좀 더 가까이 다가가서 바라보고 싶은 마음에 서문유가 움직일 때, 잠들어 있던 정소소가 눈을 떴다.

부딪치는 시선.

아직 상황 파악이 안 되는 듯 잠시 멍하니 서문유를 바라보던 정소소가 가슴까지 덮여 있는 금침과 코앞까지 다가와 있는 서문유의 얼굴을 물끄러미 바라보았다.

그리고 자신의 가슴 위에 다가와 있는 서문유의 오른손까지 확인하고는 마침내 대충 상황 파악을 끝냈다.

"넌 뭐야? 이 새끼야!"

철썩.

정소소의 오른손이 서문유의 뺨을 때렸다.

비록 내력은 실려 있지 않았지만 창졸지간에 정소소의 매서운 손에 뺨을 얻어맞고 나니 서문유도 정신이 없었다.

"변태 새끼. 너 내가 잠들어 있는 사이 대체 어디로 끌고 온 거야? 가만, 우리가 부부도 아닌데 이 금침은 뭐야?"

"……."

"대체 무슨 짓을 한 거냐니까?"

속사포처럼 빠르게 말을 뱉어내며 정소소가 서문유를 몰 아붙였다.

그리고 뺨을 얻어맞고 반쯤 정신이 나간 서문유가 아무런 변명도 꺼내지 못하자 정소소의 눈빛은 점점 더 사납게 변했 다.

"너 혹시?"

그녀의 낯빛이 굳어졌다.

금침을 들추고 혹시 자신의 옷이 벗겨진 것은 아닐까를 확 인한 정소소가 옷이 그대로인 것을 확인하고서야 조금 안정 을 되찾았다.

"지금 뭔가 오해……."

"오해는 무슨. 이렇게 같이 이불 덮고 누워 있는데 오해? 너 내가 우습게 보이는가 본데 내가 이래 봬도… 가만."

억울하다는 표정을 짓고 있는 서문유를 살피던 정소소가 소리를 지르던 도중에 입을 다물었다.

그리고 그제야 지금 이 상황에 대한 오해가 모두 풀린 것이 라 생각한 서문유가 안도의 한숨을 내쉴 때 정소소가 고개를 갸웃하며 입을 뗐다.

"넌 남자 좋아한다 그랬잖아."

서문유의 표정이 어두워졌다.

아까도 말했지만 천하제일미녀라고 불리는 서옥령을 너무 오래 지켜본 나머지 다른 여자들이 눈에 들어오지 않았던 것 뿐이었다.

굳이 비유하자면 장미를 보고 난 뒤 들판에 아무렇게나 피어 있는 들꽃을 보고 예쁘다는 감정을 느끼지 못하는 것과 같은 이치였다.

덕분에 남자를 좋아한다는 웃지 못할 오해의 시선도 받고 있었고.

지금까지 그 오해를 애써 풀려 하지 않았던 것은 귀찮아서였다.

사실 그다지 불편하지도 않았고.

하지만 지금 정소소에게서 이 말을 듣고 나니 가슴이 답답해졌다.

"그건 오해가……."

"됐어, 그렇게 부끄러워하지 않아도 돼. 이해하니까."

"이해를 한다니 그게 대체 무슨 말이오?"

"그러니까 그건 취향의 문제다 이거지. 죽엽청을 좋아하는가, 아니면 화주를 더 좋아하는가처럼."

"지금 뭔가 큰 오해……."

"됐다니까."

서문유가 애써 변명하려 했지만 정소소는 전혀 들어주려 하지 않았다.

"아팠지?"

"……."

"내가 손이 좀 매워."

대신 손을 뻗어 서문유의 뺨을 어루만졌다.

두근두근.

부드러웠다.

마치 비단결처럼 부드러운 정소소의 오른손이 뺨에 닿자 서문유의 심장이 다시 거칠게 뛰기 시작했다.

자신도 모르는 사이 서문유의 뺨이 붉게 달아올랐다.

"어머, 미안해."

"……?"

"싫어할 거라고는 생각 못했네."

그리고 서문유의 상기된 뺨이 싫어해서라고 생각한 정소 소가 서둘러 손을 떼며 미안한 표정을 지었다.

하지만 정작 서문유는 전혀 싫지 않았다.

오히려 아쉬웠다.

그리고 아쉬워하는 기색을 드러내지 않기 위해 서문유가 애쓰고 있을 때, 정소소가 문득 생각난 듯 질문했다.

"그나저나 들었어?"

"뭘 말이오?"

"그 노파가 '가가' 라고 했던 것 말야."

정소소는 자신의 수혈을 짚은 것이 아미성녀라는 사실을 몰랐다.

"들었소."

그래서 쓴웃음을 지으며 고개를 끄덕이자 정소소가 심각한 표정을 지었다.

"혹시 약을 잘못 먹었나? 아니면 병에 걸렸거나."

"……."

"왜 조로증 같은 거 있잖아."

그제야 정소소가 무슨 이야기를 하는지 깨달은 서문유가 대답했다.

"조로증이 아니오."

"그럼?"

"나이에 맞게 정상적으로 변한 얼굴이오."

"……?"

"올해로 아미성녀님의 세수가 아흔하나니까."

제대로 이해하지 못한 걸까.

정소소는 한참이 지나서야 입을 쩍 벌렸다.

"그럼 두 사람의 나이 차가? 가만, 그런데도 서로 좋아한단 말이야?"

"그건 틀렸소."

"그럼?"

"지금은 아미성녀님 혼자서만 좋아하는 것이니까."

"짝사랑?"

"비슷하오."

놀라서 벌떡 몸을 일으켰던 정소소가 다시 침상 위로 드러누웠다.

그리고 이해가 가지 않는다는 표정으로 다시 입을 뗐다.

"대체 그놈이 뭐가 좋아서?"

"동감이오."

"뭐, 어쨌든 상관없지. 어차피 혈마옥 안에 들어갔으니 평생 그곳에서 나오지 못할 테니까."

더 이상 신경 쓰고 싶지 않다는 듯 정소소가 말했지만 서문유는 고개를 흔들었다.

"금방 나올 것이오."

"그게 무슨 말도 안 되는 소리야."

"그럴 능력이 충분히 있는 놈이니까."

서문유가 이해할 수 없다는 표정을 짓고 있는 정소소에게 사무진의 과거에 대해 짤막하게 설명했다.

그리고 그 설명을 모두 들은 정소소는 기가 막히다는 표정을 지었다.

"어쩐지 순순히 혈마옥에 들어가겠다고 하더라. 이 변태 새끼를 다시 만나면 가만두나 봐라."

"어쩔 셈이오?"

"죽여야지. 내 나신을 봤으니까."

정소소가 뿜어내는 살기를 접하며 서문유는 처음으로 사무진이 부럽다는 생각을 했다.

"내가 도와주겠소."

동생인 서옥령의 마음에 사무진이 상처를 준다면 반드시 죽이겠다고 다짐하고 있던 서문유였다.

그래서 불쑥 한마디를 내뱉자마자 정소소가 화색했다.

"좋아, 너 무척 마음에 든다!"

악수를 청하는 정소소의 자그맣고 부드러운 손을 맞잡은 서문유의 심장이 다시 거칠게 뛰기 시작했다.

第六章
소림사

荷蒸乳蒸煎叢湯細賜美福佑弟子王

至大改元四月佛浴通音廣爲傳行世

日弟子趙孟頫敬書長座前手

老君演此真妙經竟

共同
傳人
공동전인

모든 것은 처음이 어렵지 두 번째는 쉬운 법이었다.

혈마옥을 간단히 빠져나온 사무진이 다음으로 향한 곳은 소림이었다.

달마 조사가 면벽수련을 통해 얻은 깨달음을 전하며 불교 선종의 초조가 되었으며, 역시 달마 조사가 남긴 역근과 세수를 통해 정파 무림의 구심점뿐만 아니라 무림의 태산북두라 불리는 소림사는 하남성 등봉현 숭산에 위치하고 있었다.

이른 아침, 향화객들의 틈에 섞여서 소림사의 산문으로 향하는 산길을 걸어 올라가고 있던 아미성녀에게 사무진이 질문을 던졌다.

"소림사의 장문인과 진짜 친해요?"

"그래."

"언제부터 알았어요?"

"무척이나 오래됐다."

"얼마나요?"

"그놈이 콧물 흘리면서 빗자루질 할 때부터 알던 사이였으니까."

당금 강호에서 소림사의 장문인에게 '그놈'이라고 부를 수 있는 인물이 몇이나 될까?

아미성녀가 다시 보였다. 현 소림사의 장문인인 각원 대사의 세수는 예순이 조금 넘었다고 했다.

아미성녀의 세수는 아흔하나.

표정을 보아서 거짓말을 하는 것 같지는 않았다.

그리고 그것이 사실이라는 것을 깨닫자 사무진은 다시 한 번 아미성녀와의 현격한 나이 차를 절감했다.

"역시 나이가 많네요."

"나이는 숫자에 불과할 뿐이다."

하지만 아미성녀는 절대 물러나지 않았다.

그리고 그 대꾸를 듣고서 바다처럼 깊은 아미성녀의 사랑을 다시 한 번 느낀 사무진은 한숨을 내쉬며 다른 질문을 던졌다.

"어쨌든 소림사의 장문인을 만나는 것은 어렵지 않겠네요?"

"걱정하지 마라. 내가 찾아왔다고 하면 맨발로 뛰쳐나올 테니까."

"에이, 설마."

사무진이 못미더운 표정을 지었다.

하지만 아미성녀가 자신 있는 표정으로 던진 말이 사실이 라는 것을 깨닫는 데는 그리 오랜 시간이 걸리지 않았다.

"장문 진인을 만나러 왔네."

"그러십니까? 누구라고 전해 드릴까요?"

"강호의 인물들은 나를 아미성녀라 부르더군!"

향화객들의 안내를 맡고 있던 젊은 승려는 그 대답을 듣는 순간, 놀란 표정을 감추지 못했다.

그리고 소림사의 경내에서는 뛰거나 신법을 펼쳐서는 안 된다는 규율까지 어기고 어디론가 달려갔다.

그다음부터는 일사천리였다.

마흔 중반으로 보이는 승려가 소림의 절기로 알려진 대나 이신법(大那移身法)까지 펼치며 다가와서는 아미성녀의 앞에 합장했다.

사무진은 아무것도 하지 않고 가만히 서 있기만 해도 충분 했다.

물론 아미성녀의 장담처럼 소림사의 장문인이 맨발로 마 중을 나오지는 않았지만, 어쨌든 소림사의 장문인이 기거하는 방장실 앞에까지 다다를 수 있었다.

"지객당(知客堂)을 맡고 있는 혜진이라고 합니다."

그리고 방장실 앞에 다다르자 본인을 혜진이라고 밝힌 체구가 작은 승려가 사무진과 아미성녀를 맞이했다.

"오랜만에 뵙습니다."

"날 기억하는가?"

"물론 기억하고 있습니다. 먼발치에서 몇 번 뵈었던 적이 있습니다."

"기억해 준다니 고맙군. 방장에게 안내해 주게."

혜진이 당연하다는 듯이 고개를 끄덕였다.

하지만 그는 자신이 해야 할 일을 빼먹지 않았다.

"함께 오신 일행 분께서도 장문인을 뵙는 것입니까?"

"그렇네."

"그렇다면 장문인에게 안내하기 전에 젊은 시주님에 대해서 몇 가지 질문을 드리겠습니다. 정해진 절차이니 언짢게 생각하지는 말아주십시오."

아미성녀를 향해 양해를 구한 혜진이라는 승려가 자그마한 눈을 빛내며 사무진을 바라보았다.

"성함이 어떻게 되시는지요?"

"이름은 사무진. 마교의 교주죠."

"……"

"아, 강호에서는 적미천마라고 불린다고 하던데요."

사무진의 대답은 거침이 없었다.

"흐음!"

그리고 신음성과 비슷한 가벼운 탄성을 흘리기는 했지만 혜진도 엄청나게 놀란 기색은 아니었다.

오히려 어느 정도 짐작하고 있었다는 듯한 표정이었다.

"근래 들어서 강호에 소문이 자자한 마교의 교주 분이셨군요."

"별로 놀라지 않네요?"

"그럼 어떻게 할까요? 나한전에 있는 무승들을 모두 불러 올까요?"

"굳이 그럴 필요까지는 없어요. 그냥 얘기만 하고 돌아갈 생각이거든요."

사무진이 손사래를 치자 혜진이 희미한 웃음을 지었다.

그리고 선선히 길을 열었다.

"그럼 저는 차를 준비하겠습니다."

맨발로 뛰쳐나오지는 않았지만 소림의 장문인인 각원 대사는 미리 일어나서 아미성녀를 기다리고 있었다.

그리고 먼저 인사를 건넸다.

비록 자신이 소림의 장문인 자리를 차지하고 있다고 하나, 배분을 따진다면 아미성녀와는 차이가 컸기 때문이었다.

"오래간만에 뵙습니다."

"그래, 오래간만이구나."

"세월은 만인 앞에서 공평하다는 말은 틀린 것 같습니다. 선배님 앞에서는 세월도 비껴가는 것 같습니다."

"입에 발린 소리는 그만두거라. 내가 왔다는 소식을 들었는데도 불구하고 맨발로 마중을 나오지 않고 방에 처박혀 있어?"

"화를 조금만 가라앉히시지요. 저도 명색이 소림을 이끌어가는 장문인인데 조금만 체면을 살려주시지요."

"흥!"

콧방귀를 뀌는 아미성녀를 바라보던 각원은 빙그레 웃음을 지었다.

아미성녀는 강호의 무인들이라면 누구나 존경해 마지않는 인물.

하지만 각원에게 있어서는 더욱 각별한 분이었다.

비록 현재는 소림의 장문인이라는 자리에까지 올랐지만 각원도 젊은 시절 방황한 적이 있었다.

그리고 그 방황의 원인이 되었던 것은 처음으로 했던 살인 때문이었다.

가뭄은 끝도 없이 이어져 지독한 흉년이 찾아오고, 조정 관료들의 부패로 인해 굶어죽는 이가 속출하며 산적들의 횡포도 더해졌다.

그것은 소림사가 자리잡고 있는 숭산 인근도 예외가 아니었다.

날로 횡포를 더해가던 산적들을 토벌하기 위해 소림의 무승(武僧)들이 나섰을 때, 그 무리에는 젊은 각원도 섞여 있었다.

그곳에서 처음으로 살인을 경험했다.

소림에서 심신을 수련했다고는 하나 그 당시의 각원은 혈기를 주체하기 힘들었던 젊은 나이였다.

일개 산적들에 불과하니 손속에 사정을 두겠다던 다짐은 피가 난무하는 전장의 흉흉함 속에서 지키기가 어려웠다.

함께 토벌대로 나선 동료들이 산적들이 휘두르는 칼에 베이고 창에 찔려 피를 흘리며 죽어가는 것을 본 순간, 살심이 솟구쳤다.

그 살심이 들끓던 젊은 혈기와 더해지자, 생명을 소중히 하라는 부처의 가르침은 머릿속에서 사라지고 말았다.

일수일살(一手一殺)!

꽤나 체계적으로 훈련받은 산적들이라고는 하나 각원은 소림의 젊은 무승들 중에서도 세 손가락 안에 꼽힐 정도로 실력을 인정받고 있었다.

그런 각원이 내력을 잔뜩 실어 휘두르고 있는 대력금강장(大力金剛掌)을 막아낼 수 있는 산적들은 없었다.

퍼억! 소리와 함께 터져 나가는 산적들의 머리.

붉은 피가 승복을 적시고, 허연 뇌수가 그의 얼굴에 엉겨

붙었다.

하지만 아랑곳하지 않고, 쉬지 않고 대력금강장을 휘둘렀다.

그런 각원이 다시 정신을 차린 것은 더 이상 앞을 가로막는 산적들이 남아 있지 않았을 때였다.

거친 숨을 몰아쉬며 고개를 아래로 숙였다.

그제야 붉게 물든 승복이 보였다.

피로 물든 양손도 보였고.

하지만 그를 더욱 힘들게 만든 것은 조금 전까지 그의 머릿속을 지배하고 있던 쾌감이라는 감정이었다.

부처의 뜻을 받드는 승려로서 살생을 하며 쾌감을 느꼈다는 것이 말이 되는가.

잊으라고 했다.

불가항력적인 상황에서 벌어진 일이니 어쩔 수 없는 살생이었다고 위로했다.

하지만 모두가 그렇게 위로를 해주었지만 각원은 스스로를 용서할 수 없었다.

더는 불문의 성지인 소림에 남을 자격이 없다는 결론을 내리고 파문을 청하려는 찰나, 아미성녀님을 만났다.

그리고 아미성녀님과 처음으로 만났을 때 보여주었던 표정과 던졌던 말씀은 오랜 시간이 흘렀지만 아직도 각원의 기억에 생생히 남아 있었다.

그 당시 아미성녀님은 잔뜩 화가 난 표정으로 각원에게 말했다.

"고작 산적 열두어 명을 죽인 것이 다인 주제에. 난 이백이 넘게 죽였다. 한번 생각해 보아라. 몇 명을 죽였는가가 중요한 것 같으냐, 어떤 인간을 죽였는가가 중요한 것 같으냐? 네 생각대로라면 난 이미 진즉에 불문을 떠났어야 하는구나. 그럴 것이라면 경전이나 외우지 무승은 왜 되었느냐?"

"……?"

"마음 마음 마음이여. 알 수 없구나. 너그러울 때에는 온 세상을 다 받아들이다가도 한 번 옹졸해지면 바늘 하나 꽂을 자리가 없으니."

호된 질책 다음으로 던진 한마디.

처음에는 무슨 뜻인지 전혀 몰랐다.

그래서 그 말에 담긴 의미를 깨닫는데는 오랜 시간이 흘렀다.

그리고 그 말씀이 바로 달마 조사께서 남긴 말씀이라는 것을 깨달은 것도 한참 후의 일이었다.

하지만 그 말씀을 듣고 나서 각원은 깨달았다.

드넓은 마음속에 한 점의 여유도 찾을 수 없게 한 방향으로 몰아붙인 것은 바로 자신이었다는 것을.

그것을 깨닫고 나서야 흔들리던 마음은 조금씩 안정을 찾아갔다.

그러나 완전히 잊지는 못했다.

원래 바늘 하나 꽂을 자리가 없던 마음에 고작 손바닥만 한 여유가 생겼을 뿐이었으니까.

각원이 그 마음의 짐을 완전히 내려놓은 것은 오 년이 지난 후, 아미성녀님을 다시 만났을 때였다.

흔들리는 마음을 다스리기 위해 동자승의 손에서 비를 빼앗아 마당을 쓸고 있던 각원에게 다가온 아미성녀님은 처음 만났을 때에 비해서 한결 누그러진 표정이었다.

"바늘 꽂을 자리 정도는 생겼지만 아직 멀었구나."

"⋯⋯."

"쯧쯧, 불도를 닦는다는 놈이 그 시간이 지나도록 집착 하나도 벗어던지지 못해! 과거에 매달리지 마라. 과거는 이미 사라졌으니까. 그조차도 집착일 뿐이다."

이번에는 이 말의 의미를 깨닫는데 지난번처럼 오래 걸리지 않았다.

그리고 그 말을 듣는 순간, 여전히 남아 있던 마음속의 짐까지 완전히 내려놓을 수 있었다.

그 덕분에 많이 부족하지만 소림사의 장문인 자리에 앉을 수 있었고.

"여전하신 것을 보니 안심이 됩니다."

옛일을 추억하며 상념에 잠겨 있던 각원이 아미성녀에게 한마디를 남긴 뒤 사무진에게로 고개를 돌렸다.

적미천마.

각원도 알고 있었다.

바로 눈앞의 청년이 얼마 전 개파식을 한 마교의 교주이자 강호에 적미천마라 불리는 자라는 것을.

"소림사의 방장을 맡고 있는 각원이라고 하네. 새로 문파를 재건한 지 얼마 되지 않아 다망할 텐데 먼 길을 왔군."

"소림사에 볼일이 있어서요."

"마교의 교주가 소림사에 볼일이 있다? 기분이 그리 좋지 않군. 소림사를 너무 우습게 보는 것 아닌가?"

"……."

"솔직히 말하면 마교의 교주와 이렇게 마주 앉아 있다는 것조차도 내키지 않는 일이네. 무슨 말인지 알아들었는가?"

아미성녀를 바라볼 때와 사무진을 바라볼 때의 각원의 눈빛은 전혀 달랐다.

각원의 얼굴에서는 편안한 웃음이 사라졌다.

사무진이 뭔가 대답하기도 전에 곁에 앉아 있던 아미성녀가 먼저 나섰다.

"말이 심하군."

"틀린 말을 한 것은 아니지 않습니까?"

"조금 전 자네 말대로 먼 길을 찾아온 손님일세. 그렇게 숨 돌릴 틈도 주지 않고 몰아붙이는 것이 소림의 예법인가?"

"선배님께 드리는 말씀이 아닙니다."

각원의 표정은 엄격했고 말투는 단호했다.

하지만 아미성녀도 한 치도 물러나지 않았다.

"나와 함께 온 손님일세. 적어도 용건 정도는 들어봐야 하지 않겠는가?"

각원이 단호하게 선을 그었음에도 불구하고 아미성녀는 결국 한마디를 더 던졌다.

그리고 그 모습을 보면서 각원은 결국 침음성을 흘려냈다.

고즈넉한 소림의 산사에 있는 방장실에만 처박혀 있는 것처럼 보이지만 각원은 소림의 장문이었다.

강호의 사건은 물론 떠도는 풍문까지도 모두 듣고 있었다.

그리고 강호의 풍문은 확인되지 않은 소문.

홀아비와 과부가 눈만 마주쳐도 애가 생기고, 아니 땐 굴뚝에서도 연기가 나는 것이 바로 강호의 풍문이었다.

그래서 믿지 않았다.

하지만 지금 그는 열변을 토하고 있는 아미성녀를 보며 머릿속이 복잡해졌다.

'정녕 사실이란 말인가?'

그저 잘못된 소문일 것이라 확신했던 믿음이 흔들리기 시작했다.

그리고 사무진을 바라보고 있는 아미성녀의 애틋한 눈빛은 강호의 풍문이 틀리지 않다고 말하고 있었다.

"용건을 말해보게."

사무진을 바라보는 각원의 눈빛이 강렬해졌다.

"사람을 찾아요."

"사람을 찾는다? 그래, 누구인가?"

"장하일."

사무진의 대답을 듣자마자 각원은 눈을 감았다.

그리고 그 이름을 기억하기 위해 애를 쓰던 각원은 이내 대답했다.

"그런 사람은 소림에 없네."

하지만 사무진도 쉽게 물러나지 않았다.

"그럴 리가 없어요."

"방금 전에도 말했지만 장하일이란 이름을 가진 사람은 없네. 혜초라는 법명을 가진 승려가 있을 뿐이지."

그제야 말귀를 알아들은 사무진이 고개를 끄덕일 때, 각원이 다시 질문을 던졌다.

"혜초를 만나려는 이유가 무엇인가?"

"필요해서요."

"필요하다?"

"대단한 고수거든요."

사무진이 망설이지 않고 대답했지만 각원은 어이없다는 표정을 지었다.

"파하핫!"

잠시 후, 각원은 지금의 분위기와는 전혀 어울리지 않는 파안대소(破顔大笑)를 터뜨렸다.

혜초에 대해서는 각원도 잘 알고 있었다.

그리고 각원이 알고 있는 혜초는 무승이 아니었다.

소림에 입문한 지 삼십 년이 흐르는 동안 오직 불경만을 공부하고 또 연구하며 살아왔던 승려가 바로 혜초였다.

그런 그가 대단한 고수라는 사무진의 말은 분명 어불성설(語不成說)이었다.

"뭔가 착각하고 있는 것 같군."

"……?"

"혜초는 무승이 아닐세. 소림의 절예는커녕 주먹 한 번 제대로 휘둘러 본 적이 없는 제자일세."

"아니요, 틀림없이 고수예요."

뭔가 착오가 있는 것이 틀림없다고 생각한 각원이 정정해주었지만 사무진은 전혀 흔들리지 않았다.

그런 사무진의 두 눈에 어린 고집을 확인하고서 각원은 몇

마디 말로 해결될 것이 아니라는 것을 깨달았다.

그래서 그는 방법을 바꾸었다.

직접 만나서 확인하게 해주기로.

"자네의 뜻이 정 그렇다면 직접 만나보게. 다만……."

"……."

"자네 혼자 만나도록 하게. 안내는 지객당주가 해줄 것일세. 그리고 용건을 모두 마쳤다 생각되면 다시 이곳으로 돌아오도록 하게."

"그러죠."

사무진과 같이 움직이려 하던 아미성녀가 다시 주저앉는 것이 보였다.

그리고 사무진이 방을 벗어난 후, 아미성녀와 둘만 남게 되자 각원이 마침내 하고 싶었던 말을 꺼냈다.

"대체 분은 왜 바르신 겁니까?"

각원이 아미성녀의 눈을 응시했다.

그리고 아미성녀도 그 시선을 피하지 않았다.

흑백이 명확한 아미성녀의 두 눈.

각원이 바라보고 있는 아미성녀의 두 눈에는 조금 전 사무진을 바라볼 때의 애틋한 감정이 전혀 담겨 있지 않았다.

대신 차분하게 가라앉아 있는 두 눈에는 한 가닥 현기가 담겨 있었기에 각원은 더욱 혼란에 빠졌다.

처음에는 사술이라 생각했다.

실제로 각원은 마교의 장로들 중 색마가 익힌 무공인 환환만화공에 대해 들어서 알고 있었다.

그래서 지금 아미성녀가 섭혼공에 걸려 있는 것이 아닐까 하고 예상했는데, 지금 현기마저 느껴지는 시선을 마주하고 나니 그 자신감이 사라졌다.

"나도 여자인데 분이야 바를 수도 있지."

"……."

"좋아하는 사람이 생겼거든."

질문을 던진 후, 한참이나 지나서 대답이 돌아왔다.

그리고 그 대답을 들은 후 각원은 자신도 모르는 사이 입을 쩍 하고 벌렸다.

"정녕 강호의 풍문이 사실입니까?"

"강호의 풍문?"

"설마 들어보지 못하셨습니까?"

"뭐라고 하던가?"

"워낙에 해괴하고 망측스러워서 제 입으로 말씀드리기도 어려울 정도입니다."

"그래도 해보게."

"선배님께서 현재 마교의 교주를 맡고 있는 사무진이라는 아이와 서로 좋아하는 사이라고 하더군요."

망설이던 각원이 결국 자신의 입으로 꺼내기조차도 망측

한 이야기를 꺼냈다.

이 말이 조금은 충격으로 다가왔을까.

잠시 말이 없던 아미성녀는 한참 만에야 대꾸했다.

"강호의 풍문을 믿는가?"

"그야……."

"쯧쯧. 명색이 무림의 태산북두인 소림의 장문인이라는 자네가 고작 어디서 흘러나온지도 모를 풍문 따위를 믿고 있다니."

아미성녀의 목소리에는 분명 질책이 담겨 있었다.

하지만 그 질책을 들었음에도 각원은 오히려 기쁜 마음이 들었다.

자신의 생각이 틀리지 않았다는 사실로 인해서.

"강호의 풍문은 틀렸네."

"죄송합니다. 한낱 강호의 풍문을 듣고서 선배님을 잠시 의심했습니다."

"하지만 완전히 틀린 것은 아니지."

"……?"

"사실 서로 좋아하는 사이가 아니라 나 혼자 마교의 교주를 좋아하고 있다네."

"역시 그러……."

아미성녀의 대답에 기분 좋게 맞장구를 치던 각원이 뭔가 이상하다는 것을 느끼고 도중에 입을 다물었다.

그리고 혹시 자신이 잘못 들은 것이 아닐까를 고민하던 각원이 눈을 껌벅였다.

"지금 대체 무슨 말씀을 하시는 겁니까?"

"방금 말한 그대로일세."

언성을 높이는 각원과 달리 아미성녀의 목소리는 담담했다.

마치 일상다반사(日常茶飯事)를 늘어놓는 것처럼.

각원이 다시 정신을 수습한 것은 잠시 후였다.

흔들림없는 아미성녀의 눈빛을 보고 농담이 아니라는 것을 다시 깨달았다.

"저는 도저히 이해할 수가 없습니다."

"뭐가 말인가?"

"모든 것이 다 이해가 안 됩니다."

"……."

"우선 사무진이라는 그 청년은 아직 서른도 되지 않았습니다. 그에 반해 선배님의 세수는 올해로……."

"아흔하나지. 그런데?"

"지금 이게 말이 된다고 생각하십……."

"후회하고 있다네, 좀 더 일찍 만나지 못한 것을."

아미성녀는 여전히 담담한 목소리로 대답했다. 그리고 각원은 입안이 까칠해진다는 느낌을 받았다.

그래서 앞에 놓친 차를 한 모금 마시며 목을 축일 때, 아미성녀가 한마디를 덧붙였다.

"반로환동(反老還童)하기 위해 노력하는 중이네."

입안에 머금고 있던 차를 뿜어낼 뻔한 것을 간신히 참아낸 각원이 이대로는 안 되겠다는 생각에 화제를 돌렸다.

"그자는 마교의 교주입니다."

"그런데?"

"잊으셨습니까? 선배님께서는 강호의 그 누구보다 마교라는 단체를 증오하셨습니다. 오죽했으면 마교의 인물들이 선배님의 별호만 들어도 치를 떨었겠습니까?"

"변했네."

"무엇이 변했다는 말씀이십니까?"

"사람이 변했네."

각원의 말문이 막혔다.

마음이 변했다고 대답할 줄 알았다.

하지만 아미성녀의 대답은 이번에도 각원의 예상을 빗나갔다.

"사람이 변했다고 해서 마교가 마교가 아니게 되는 것은 아닙니다."

"하지만 다른 마교는 될 수 있지."

"확신하십니까?"

"확신하네."

한 점의 의심도 떠올라 있지 않은 그 눈빛을 마주하고서 각원은 잠시 망설이다 마지막으로 질문을 던졌다.

"다른 모든 것을 떠나서 아미파에 속해 있지 않으십니까?"

아미파는 여승들이 모여서 세속의 연을 끊고 불도를 닦는 문파였다.

세속의 연을 끊어야 하는데 이성 간의 사랑을 용납할 리 없다.

그래서 각원이 던진 질문이었지만 이번에도 아미성녀는 전혀 당황하지 않았다.

"파문이라도 당할까?"

"선배님!"

"불도에 정진하기 위해서는 오욕칠정을 끊어야만 된다고 배웠네. 그리하기 위해서 평생을 노력했고."

"……?"

"그런데 어느 날 문득 돌아보니 나라는 존재는 어디론가 사라져 버리고 빈껍데기만 남아 있더군. 그게 과연 옳은 삶일까?"

조금 전과 달리 아미성녀의 표정은 진지했다.

그래서 각원도 쉽게 대답하지 못할 때, 아미성녀의 이야기가 이어졌다.

"흔들렸지. 절대라고 생각했던 믿음이 흔들리기 시작하니 지금까지 내가 옳다고 생각했던 것들이 통째로 흔들리기 시작했어."

"……?"

"바로 그때였네, 마교의 교주를 만나게 된 것은. 이제 와 생각해 보니 운명 같은 순간의 만남이었지."

당시의 일을 회상하듯 이야기를 꺼내는 아미성녀의 눈빛이 아련하게 변했다.

하지만 각원은 인정할 수 없었다.

"사술입니다."

"사술?"

"마교의 장로였던 색마가 익힌 무공에는 섭혼공의 일종인 환환만화공이 있습니다. 선배님께서는 지금 섭혼공에 현혹되셨을 뿐입니다."

"환환만화공이라… 자네는 내가 섭혼공의 일종인 환환만화공에 현혹되었다고 생각하는가?"

"……"

아미성녀는 긍정도 부정도 하지 않았다.

오히려 질문을 던졌다.

그리고 그 질문에 대한 답을 각원은 이번에도 꺼내지 못했다.

아무리 생각해도 지금 아미성녀의 말과 행동은 정상이 아니었다.

하지만 세월의 흔적이 고스란히 담긴 현기 어린 눈빛을 확인하고 나자 과연 섭혼공에 현혹되었는가를 확신할 수가 없었다.

그래서 망설이는 각원을 향해 아미성녀는 빙그레 웃음을 지어주었다.

"어쩌면 자네 말대로 섭혼공에 현혹되었을 수도 있겠지. 하지만 중요한 것은 내 마음이고 감정일세. 늦었지만 지금부터라도 내 감정에 충실하게 살아볼 생각이네."

'마음을 돌릴 수 없다!'

각원은 확실하게 느꼈다.

더 이상은 무슨 말을 해도 아무 소용이 없다는 사실을.

부스럭.

그래서 각원이 길게 한숨을 내쉴 때, 아미성녀가 가지고 온 행낭을 뒤지더니 뭔가를 꺼냈다.

잠시 뒤 아미성녀가 앞으로 내민 것은 암상에서 가져온 녹옥불장.

그 녹옥불장을 보고서 각원이 눈을 빛냈다.

"그건⋯⋯."

각원이 소림의 장문인 자리에 오르기 전에 분실되었던 소림의 신물인 녹옥불장이었다.

그동안 다시 되찾기 위해서 그토록 애를 썼건만 행방이 묘연하던 녹옥불장이 갑자기 아미성녀의 품속에서 나오니 어찌 놀라지 않을 수 있을까.

"어디서 구하셨습니까?"

"그게 중요한가? 지금 다시 되찾았다는 것이 중요하지."

"하지만⋯⋯."

"뇌물일세."

각원이 엉겁결에 손을 내밀어 녹옥불장을 건네받았다.

그리고 녹옥불장을 살피고 있는 각원에게 아미성녀가 한 마디를 덧붙였다.

"뇌물도 받았으니 그 아이가 하는 웬만한 부탁은 들어주게."

지객당주 혜진이 사무진을 유심히 바라보았다.

사무진은 얼마 전 개파식을 마친 마교의 교주.

근래 강호에서 가장 화제가 되고 있는 인물 중 한 명이었다.

그러니 호기심이 생기지 않을 수 없었다.

그 노골적인 시선을 느꼈을까.

사무진이 히죽 웃으며 입을 뗐다.

"제 눈썹이 좀 특이하긴 하죠?"

"조금 그런 면이 없지 않구려."

"계속 절에서만 살고 있어서 잘 모르나 본데 요즘 이게 유행이에요."

"허허, 그렇구려."

혜진이 아무리 소림사에서만 생활한다고 해도 이 말을 순순히 믿을 정도로 순진하지는 않았다.

딱 봐도 이상했으니까.

세상에 개벽이 일어나기 전에는 저 붉은 눈썹이 유행하지 않을 것이라는 생각이 들었지만 혜진은 그 마음을 얼굴에 드러내지는 않았다.

"개파식은 잘 치르셨는가?"

"그럭저럭요."

"듣자 하니 마교의 문지기가 무척 강하다고 들었는데……."

순순히 대답하는 사무진을 확인한 혜진이 넌지시 질문을 던졌다.

사실 혜진은 궁금한 것이 많았다.

얼마 전, 열렸던 마교의 개파식에 대해서는 여러 가지 소문이 무성했으니까.

일단 마도삼기에 대한 소식이 있었다.

삼십 년 전, 마교가 몰락한 뒤 자취를 감추었다고 알려진 마도삼기가 얼마 전 개파식을 연 마교에서 고작 문지기를 맡고 있다는 이야기.

사실 믿기 힘든 말이었다.

그래서 넌지시 꺼낸 질문이었는데 사무진은 이번에도 순순히 대답해 주었다.

"마도삼기를 말하는가 보네요?"

"⋯⋯."

"마교 역사상 가장 강한 문지기라고는 하는데 별로에요. 뭐랄까? 실력에 거품이 좀 있다고나 할까요?"

"하지만 마도삼기의 명성은 허명이 아니라고 하던데."

"그거 다 허명이에요. 나한테 죽도록 얻어맞고서 요즘은 나랑 눈도 못 마주쳐요."

사무진의 평가는 냉정했다.

마도삼기의 명성을 생각한다면 믿기 어려운 냉정한 평가였지만 현 마교의 교주가 직접 말하는 것이니 믿지 않을 수도 없었다.

그래서 혜진은 다른 질문을 던졌다.

"개파식에서 자그마한 불상사가 있다고 들었소."

"아, 내가 성질을 참지 못하고 한 놈을 반쯤 죽도록 패서 돌려보냈죠."

"그게 사도맹의 이공자라는 소문이 있던데."

"맞아요."

"현 강호에서 사도맹의 위세는 엄청난데 걱정은 되지 않으시오?"

"뭘 그렇게 어렵게 돌려서 말하고 있어요. 후환이 두렵지 않냐? 이게 진짜 묻고 싶었던 거죠?"

혜진이 쓴웃음을 지으며 고개를 끄덕이자 사무진이 지체

하지 않고 대답했다.

"솔직히 무서워요. 입맛도 없고 며칠 동안 잠도 제대로 못 잤어요."

"허허. 그렇구려."

이번에도 그의 예상을 벗어나는 솔직한 대답이었다.

그래서 혜진은 조용히 웃음을 흘렸다.

마교의 교주와의 대화는 생각보다 훨씬 흥미로웠다. 사무진이라는 청년은 혜진의 예상보다 담백하고 솔직했다.

그때, 지금까지 혜진이 던지는 질문에 대해 답하기만 하던 사무진이 질문을 꺼냈다.

"그런데 왜 소림사는 개파식에 왜 안 왔어요?"

"그건 미안하게 되었구려."

"뭐 꼭 와야 된다는 법이 있는 것은 아니지만 밥이라도 먹고 가지 그랬어요? 음식이 많이 남았었는데."

이번 질문에는 혜진도 조금 당황했다.

솔직히 말한다면 다른 문파도 아닌 마교의 개파식에 소림사가 찾아가는 것이 오히려 이상한 일이었다. 하지만 이상하게 사무진이라는 청년과 이야기를 나누다 보니 마교에 대한 거부감이 크게 들지 않았다.

게다가 마교의 개파식에 참석하지 않은 것이 오히려 미안해지기까지 했다.

"그런데 소림사에는 무슨 일로 찾아오셨소?"

"인재를 포섭하기 위해서죠."

"인재요?"

"현재 마교에는 인재가 부족해요. 실력있는 고수가 필요하죠."

"그런데 혜초는 왜 찾아가시오?"

"그 사람이 바로 우리 마교가 찾는 절대 고수거든요."

"허허."

혜진이 걸음을 멈추었다.

그리고 더는 참지 못하고 웃음을 터뜨리며 설명했다.

"뭔가 크게 착각을 하는 것 같구려. 혜초 사형에 대해서는 누구보다 내가 잘 알고 있습니다. 그분은 무승이 아니지요. 무승들이 무공을 수련하는 나한전 근처에는 가본 적도 없고 오직 불경에만 파묻혀 살아온 분입니다. 지금도 좀 더 높은 불법을 수도하기 위해 계지원의 양심당에서 불경을 공부하는 데만 여념이 없지요."

오해가 있는 것 같다는 혜진의 설명을 모두 들었지만 사무진은 이번에도 눈도 꿈쩍하지 않았다.

"이렇게 사람 보는 눈이 없어서야."

"네?"

"두고 보면 알아요."

어이없는 눈빛으로 바라보는 혜진에게는 신경 쓰지 않고 사무진이 다시 걸음을 옮기기 시작했다.

서둘러 다시 걸음을 옮겨 사무진과 속도를 맞추며 혜진이 고개를 흔들었다.

　그가 보기에 마교의 교주는 지금 크게 착각을 하고 있었다.

　그리고 그것은 양심당에 도착해서 혜초 사형을 마주하게 되면 확실히 알게 될 것이다.

　하지만 그런 혜진의 예상은 또 한 번 빗나갔다.

　마침내 양심당에 도착해서 정좌하고 눈을 감고 있는 혜초 사형을 본 순간, 사무진은 크게 고개를 끄덕이고 있었다.

　"제대로 찾았네."

　혜진이 고개를 갸웃했다.

　하지만 사무진은 혜진에게는 전혀 신경 쓰지 않고 거침없이 걸음을 옮겨 혜초 사형의 곁으로 다가갔다.

　그리고 누군가가 다가오는 인기척을 느끼고 고개를 돌리는 혜초 사형의 어깨를 툭 치며 한마디를 던졌다.

　"마교 좋아해요?"

第七章

마교 좋아해요?

荷蘇乳蒸煎業湯細賜美福佑苯子王

至大改元四月佛浴道青廣爲傳衍世

日弟子趙孟順敬書長座前

老君演此真妙經克

共同
傳人
공동전인

처음 보는 순간 알았다.

소림의 장문인이나 지객당주의 우려와 달리 제대로 찾았다는 것을.

닮아도 많이 닮았다.

'마교 좋아해요?'라는 다소 뜬금없는 질문을 듣고 의아한 표정을 짓고 있는 혜초라는 승려는 비록 머리카락이 없기는 했지만 무명 노인과 무척 닮은 편이었다.

"젊은 시주는 누구인가?"

"마교의 교주죠."

"시주는 지금 무슨 소리를 하는 건가? 대체 이곳이 어떤 곳인지 알고 있는가? 이곳은 바로 부처님의 말씀을 공부하는 소림의 경내일세. 그런 헛소리를 늘어놓을 생각이라면 어서 돌아가게."

여전히 정좌한 채 혜초는 진중한 목소리로 말했다.

하지만 사무진은 한 발자국도 움직이지 않았다.

그리고 움직이지 않는 사무진을 확인한 혜초는 몇 걸음 떨어져서 구경하고 있던 혜진에게로 고개를 돌렸다.

"지객당주는 지금 제정신인가? 다른 곳도 아닌 마교의 교주라는 자가 소림의 경내, 그것도 양심당에 들어온다는 것이 말이 되는 일이라고 생각하는가?"

혜진과 혜초는 함께 혜 자 돌림의 법명을 쓰고 있었다.

하지만 혜진에 비해서 혜초가 나이도 많았고, 소림에 들어온 것도 일렀다.

엄연히 사형이라고 할 수 있는 혜초의 일갈을 가벼이 흘리지 못하고 혜진이 안절부절못하며 다가왔다.

"이미 장문인의 허락이 떨어진 일입니다."

"장문인의 허락이 떨어졌다?"

"그렇습니다."

"정녕 이해할 수 없군. 하지만 그렇다 해도 이건 있을 수 없는 일이네. 당장 이자를 양심당에서 내보내도록 하게."

혜초의 의지는 단호했다.

"이만 돌아가시도록 하지요."

그리고 서슬 퍼런 기세로 소리치는 혜초를 보던 혜진이 어쩔 수 없다는 표정을 지은 채 사무진의 옷자락을 잡아당기며 권했다.

하지만 사무진은 여전히 한 발자국도 떼지 않은 채 혜초에게 말했다.

"힘들었겠네요."

"……."

"살기를 가두어두느라."

"……."

"그리고 무공을 감추느라."

그리고 사무진을 무시하려는 듯 아무런 대꾸도 하지 않고 있던 혜초가 처음으로 눈썹을 꿈틀했다.

"시주는 대체 무슨 망발을 늘어놓는 건가?"

"사실이잖아요."

"정녕……."

"내가 아까 만났던 소림의 장문인보다도 훨씬 고수인 것 같은데, 그동안 무공을 사용하고 싶어서 손이 근질근질하지 않았어요?"

"아미타불!"

혜초는 불호를 외웠다.

그리고 더는 상관하지 않겠다는 듯 눈을 감아버렸지만, 사무진은 아직 할 말이 남아 있었다.

"새롭게 재건하는 마교에는 인재가 필요해요."

"돌아가게."

"다른 건 약속할 수 없어도 지금처럼 손이 근질근질하지는 않을 거예요. 신나게 싸울 거거든요."

"그만 돌아가게."

"내가 높은 자리로 한자리 줄게요. 이래 봬도 명색이 마교의 교주라니까요."

"돌아가라니까."

사무진이 준비해 온 달콤한 감언이설.

하지만 그 감언이설들은 전혀 통하지 않았다.

감았던 눈을 뜨고 사무진을 노려보고 있는 혜초에게서는 은연중에 강한 살기가 뿜어져 나오고 있었다.

그리고 사무진은 그 살기에 놀라는 대신 감탄했다.

"이 터질 듯한 살기!"

"더는 나도 경고만 하지 않을 것이네."

"역시 작금의 마교에 어울리는 인재네요."

"내 손속이 매섭다고 해서 원망하지 말게!"

더는 참지 못하고 혜초가 자리에서 일어났다.

그런 혜초의 두 눈에서 정광이 뿜어져 나올 때, 사무진이 한마디를 덧붙였다.

"혈영마존!"

그리고 당장에라도 사단을 낼 기세였던 혜초가 주춤하며

기세를 누그러뜨렸다.

"방금 뭐라고 했는가?"

"혈영마존과 무척 잘 아는 사이라고 했어요. 어때요? 이제
는 나와 얘기할 생각이 좀 생겼나요?"

놀란 표정을 짓고 있는 혜초를 바라보던 사무진이 씨익 웃
음을 지으며 무명 노인과의 대화를 떠올렸다.

무명 노인은 고집이 무척이나 셌다.

마교의 장로를 시켜준다는 달콤한 유혹을 꺼냈음에도 눈
도 꿈쩍하지 않았다.

그래서 사무진이 큰맘 먹고 태상장로를 시켜주겠다고 유
혹했지만 역시나 콧방귀를 뀌었을 뿐이었다.

태상장로가 아니라 교주를 시켜준다고 해도 귀찮아서 못
하겠다고 고집을 부리던 무명 노인은 대신 다른 제안을 했다.

"내가 가르친 애들이 몇 명 있어. 그때는 심심풀이로 가르친
것이지만 지금쯤 한가닥 하고 있을 거야. 귀찮게 하지 말고 걔들
데려다 써먹어."

솔깃한 제안이었다.

그때 무명 노인이 말한 인물은 두 명이었다.

그리고 그 두 명 중 한 명이 바로 지금 사무진의 눈앞에 서

있는 혜초였다.

지금은 소림사에서 혜초라는 법명으로 불리고 있지만 속세에서 사용하던 그의 이름은 장하일.

바로 무명 노인의 증손자 중 한 명이었다.

무명 노인의 말로는 장하일은 어릴 때부터 몸이 약했다고 했다.

그 나이 또래의 다른 아이들에 비해 몸도 약하고, 체격도 작았기에 장하일은 하루가 멀다 하고 두드려 맞고 집으로 돌아왔다고 했다.

"어느 날 문득 아무리 애를 써 봐도 증손자들의 얼굴이 떠오르질 않는 거야. 그래서 무작정 찾아갔지. 그런데 거기서 울고 있는 녀석을 보았지."

"왜 울었는데요?"

"맞았대. 그것도 자기보다 세 살이나 어린 놈에게 얻어맞아서 울고 있는 놈을 보고서 기가 막혔지."

"에이, 설마요. 중간에 몇 다리 거치기는 했지만 그래도 명색이 천하제일인을 노리던 무명 노인의 핏줄인데."

"내 말이 그 말이야. 근데 진짜야."

"혹시……."

"뭐냐?"

"피가 섞이지 않은 게 아닐까요? 그러니까 불륜 같은 걸 수도 있잖아요."

"너 내려가지 말고 그냥 여기서 죽을래?"

"잘못했어요. 헛소리를 한 거니까 신경 쓰지 말고 계속하세요."

"핏줄이 당긴다는 말이 뭔지 몰랐는데 그때 처음 알았지. 한쪽 눈에 시퍼렇게 멍이 든 채로 닭똥 같은 눈물을 흘리고 있는 증손주 놈을 보니 가슴속 깊은 곳에서 울컥하고 뭔가가 치밀어 오르더구나. 그래도 내 피가 섞인 증손자인데 어디 가서 얻어맞고 다니는 게 말도 안 된다는 생각이 들어서 무작정 가르치기 시작했어. 사실 처음에는 그냥 주먹질만 조금 할 줄 알게 만들어놓을 생각이었어."

"그냥 주먹질 맞아요? 전에 나한테 백 년 만에 꺼내는 필살기라고 하며 펼쳤던 파환수라권을 가르친 것 아니에요?"

"그거 말고 내가 아는 주먹질이 있어야지. 명색이 증손주에게 삼류권법을 가르칠 수는 없잖아."

"그래서요?"

"그런데 그놈이 재능이 있었어. 증손자를 보는 맛도 있고, 성장하는 모습을 보는 재미도 쏠쏠해서 가르치다 보니 파환수라권의 성취가 활성까지 이르러 버렸지."

"그럼 지금쯤 대단한 명성을 떨치고 있겠네요?"

"그게… 도중에 문제가 생겼어."

"갑자기 무슨 문제요?"

"그놈이 제가 얼마나 강한지 몰랐던 거야. 매일 나하고만 비무를 했으니 어쩌면 당연한 일이지."

"그게 뭐가 문제예요?"

"이제 어디 가서 얻어맞고 다니지는 않을 거라고 했던 내 말을 순순히 믿은 것이 화근이었어. 딴에는 전에 자기를 괴롭히던 녀석들한테 찾아가서 자랑이라도 하려고 했나 본데, 힘 조절을 제대로 못했지."

"그럼?"

"그래, 다섯이 죽었다."

이해가 가지 않는 이야기는 아니었다.

무공을 배운 강호의 인물도 아닌 일반인이 제대로 배운 파환수라권에 얻어맞고서 멀쩡할 리가 없었을 테니까.

"하지만 그게 끝이 아니었다. 당시에는 유심히 살피지 않아서 나조차도 알지 못했는데 그 녀석은 살성의 기운을 타고났었다. 내가 자리를 비운 일주일 사이에 그 녀석이 죽인 이들의 수가 무려 일백에 이르렀다."

"……."

"내가 다시 그 녀석을 발견했을 때는 살인이 주는 희열을 주체하지 못하는 광인 수준이었지. 그리고 겨우 정신을 차리고 난 뒤에는 자신이 벌인 일로 인해 반쯤 정신이 나갔지. 미치지 않은 것이 다행이었다. 한동안 고민했었지. 살성의 기운을 타고 태어난 녀석을 내 손으로 죽여야 하는가에 대해서.

하지만 결국 죽이지 못했다."

"핏줄이니까요."

"그래, 차마 내 손으로 죽일 수가 없더구나. 그래서 소림으로 보냈다. 평생 불경을 공부하다 보면 그 살기를 지울 수 있을 것만 같아서. 그리고 그때는 그게 최선이라고 생각했었다. 그런데 이제 와서 생각해 보니 내 생각이 잘못된 것 같아."

"뭐가요?"

"타고난 운명을 거스르게 만들었으니까."

"……?"

"하늘이 그 녀석에게 살성의 기운을 내린 것도 다 이유가 있다는 생각이 들어."

씁쓸한 웃음을 지은 채 무명 노인은 그렇게 말했었다.

"누르고 또 누르는 것만이 최선은 아니다."

"……?"

"그분이 이렇게 전하라고 하던데요."

사무진이 꺼낸 말을 듣고서 혜초, 아니 장하일의 눈빛이 격렬하게 흔들렸다.

고민에 잠긴 듯 두 눈을 감고서 불호를 외우고 있던 장하일은 한참 만에야 다시 눈을 뜨며 물었다.

"정말 그분이 그렇게 말씀하셨나?"

"솔직히 말할까요?"

"그래, 내게는 무척이나 중요한 일이니까."

"아시겠지만 그렇게 말을 고상하게 하는 사람은 아니잖아요. 그러니까 무명 노인이 했던 말을 그대로 옮기면 '사람은 타고난 팔자대로 살아야 한다. 송충이는 솔잎을 먹고살아야 한다. 살성으로 태어났으면 살기를 드러내면서 살아야지 불경이나 외우는 것은 시간 낭비일 뿐이다' 라고 했었죠."

장하일의 표정이 진중하게 변했다.

그리고 허공을 응시하던 장하일이 고개를 끄덕이며 다시 물었다.

"그런데 자네는 증조할아버님을 어찌 알고 있는가?"

"한동안 함께 지냈거든요."

"제자인가?"

"그렇다고 할 수 있죠."

"그럼 자네도 파환수라권을 배웠겠군."

사무진이 가볍게 고개를 끄덕이자 장하일이 더는 지체하지 않고 신형을 일으켰다.

"증명해 보게."

"뭘요?"

"자네가 그 분의 제자라는 것을."

장하일이 원하는 것이 무엇인지 사무진은 곧 알아차렸다.

"지금 비무를 하자는 건가요?"

"맞네."

"하지만 지난 삼십 년간 무공을 한 번도 펼친 적이 없는데 괜찮겠어요?"

"내 걱정은 할 필요가 없네. 지난 시간 동안 단 하루도 머릿속에서 파환수라권을 생각하지 않았던 날이 없었으니까."

주저하지 않고 흘러나온 장하일의 대답을 들으며 그 말이 사실이라는 것은 금세 깨달을 수 있었다.

그리고 그것을 깨닫자 대단하다는 생각이 들었다.

"그동안 어떻게 참았어요?"

"죽을 맛이었지."

"어쨌든 대단하네요."

"솔직히 말하면 소림을 뛰쳐나가고 싶은 마음이 하루에도 수백 번은 들었지. 지금까지 간신히 참고 있었는데 그 둑을 자네가 터뜨렸네."

장하일이 입매를 말아 올렸다.

그 미소는 조금 전 경건한 표정으로 불호를 외울 때 보여주었던 것과는 분명히 달랐다.

아까의 미소가 푸근한 느낌을 주었다면 지금 장하일의 입가에 떠올라 있는 미소는 차갑다는 느낌이 들었다.

그리고 그 이유는 은연중에 뿜어지고 있는 살기 때문이었다.

"이 터질 듯한 살기. 아까도 말했지만 역시 마교에 어울리는 인재네요."

"살성을 타고났으니까."

"시작하기 전에 대답부터 해요."

"무슨 대답을 말하는 건가?"

"아까 내가 말했잖아요, 마교 좋아하냐고."

그제야 떠오른 듯 장하일이 차가운 웃음을 지었다.

"나를 제어할 자신이 있나?"

"……?"

"특별히 마교를 좋아하는 편은 아니지만 마교의 교주가 내 살기를 제어할 능력이 있다면 좋아해 보도록 노력하지."

장하일이 꺼낸 대답의 의미를 알아차린 사무진도 희미한 웃음을 던졌다.

"마교를 좋아하게 될 거예요."

"자신이 넘치는군."

"실력이 있으니까요. 자, 그럼 시작할까요?"

"좋지."

사무진과 장하일이 거의 동시에 서로를 향해 뛰쳐나갔다.

펑. 펑. 펑.

눈 깜짝할 사이 세 번의 폭음이 터져 나왔다.

그리고 서로 다가가 반 장도 되지 않는 위치까지 거리를 좁

혔던 사무진과 장하일은 순식간에 세 번의 공방을 벌인 후 각자 뒤로 물러났다.

장하일은 세 걸음, 그에 반해 사무진이 물러난 것은 두 걸음이었다.

그 한 번의 공방이 끝난 뒤 손해를 본 것은 분명히 장하일이었지만 그의 얼굴에 당황하거나 실망하는 기색은 보이지 않았다.

"단파삼권을 아주 제대로 익혔군."

오히려 웃음이 짙어졌다.

즐거워서 견딜 수가 없다는 듯이.

"뭐 이쯤이야……."

사무진의 대꾸가 끝나기도 전에 장하일이 사무진에게로 파고들었다.

희끗하게 보일 정도로 번개처럼 빠른 장하일의 신법.

놀라서 뒤로 물러나고 있던 사무진과의 거리를 어느 정도 좁힌 장하일이 이번에는 양손을 동시에 내질렀다.

장하일의 양손에서 꿈틀대고 있는 기운이 맺힌 채 사무진에게로 다가왔다.

"경천이권세!"

그리고 지금 장하일이 펼치고 있는 공격이 무엇인가를 눈치챈 사무진도 뒤로 물러나는 대신 마주 양손을 내질렀다.

펑. 펑.

허공에서 부딪치는 두 개의 권격.

그리고 그 공방이 끝난 다음 사무진은 두 걸음, 장하일은 한 걸음을 물러난 뒤 자리에서 멈추었다.

순식간에 역전된 전세.

"재밌군!

사무진이 놀랄 틈도 주지 않은 채 장하일은 다시 신형을 날렸다.

이번에는 사무진도 경시하지 못하고 전력을 다해 선제 공격을 펼쳤다.

다시 한 번 내질러진 사무진의 양손은 위맹한 권력을 자랑하며 다가오고 있는 장하일을 노리고 파고들었다.

그리고 장하일도 마주 경천이권세를 펼쳤다.

다시 부딪칠 기세로 다가가는 권격.

이번에는 밀리지 않겠다는 다짐을 하며 사무진이 이를 악물었다.

하지만 아까와는 달랐다.

다가오던 장하일의 권격이 갑자기 방향을 틀었다.

마치 뱀처럼 유연하게 방향을 바꾼 권격은 부딪치는 대신 그대로 스치고 지나가 사무진의 팔꿈치를 노리고 파고들었다.

'이건 뭐지?

지금 장하일의 공격은 사무진이 무명 노인에게서 배운 적이 없는 것이었다.

그래서 당황한 사무진이 공격을 멈추고 서둘러 뒤로 물러나려 했지만 장하일의 권격은 집요했다.

피하는 것을 허락하지 않겠다는 듯 파고든 권격이 결국 왼쪽 어깨에 작렬하고서야 멈추었다.

찌르르.

충격으로 인해 왼팔이 울렸다.

그리고 순식간에 왼팔이 마비되는 느낌을 받으며 얼굴을 굳힌 사무진이 지체하지 않고 일보를 전진했다.

"나한십팔수(羅漢十八手)!"

마치 뱀처럼 휘어져 나가 사무진의 왼쪽 어깨를 타격하는 장하일의 권격을 바라보던 아미성녀가 탄식처럼 한마디를 던졌다.

그러나 그런 아미성녀의 곁에 서 있던 각원은 고개를 흔들었다.

"흡사하기는 하나 나한십팔수가 아닙니다."

"그런가?"

"제가 본 것이 틀리지 않다면 저 무공은 사무진이라는 청년이 펼치는 권세에 나한십팔수 중 화두망월이란 초식을 접합한 것입니다."

아미성녀에게 설명하면서도 각원의 시선은 사무진과 비무

를 벌이고 있는 장하일에게서 떨어지지 않았다.

그리고 그런 각원의 표정은 드물게 진지했다.

"이해할 수가 없군요."

"뭐가 말인가?"

"제가 알고 있기로 혜초는 단 한 번도 나한전에 출입한 적이 없습니다. 무공 서적을 보기는커녕 수련 한 번 한 적이 없습니다. 그런데도 지금 혜초가 펼치는 무공에는 분명 나한십팔수의 묘리가 섞여 있습니다."

각원은 진심으로 이해가 가지 않는다는 눈빛이었다.

하지만 아미성녀는 이미 각원이 가지고 있는 의문에 대한 답을 눈치채고 있었다.

"불경에서 찾았겠지."

"그게 무슨 말씀이십니까?"

"삼십 년간 불경만 탐독했다고 하지 않았었나?"

"그렇습니다."

"불경 중에도 무경은 있지 않은가?"

"……?"

"내가 보기에 저자가 지난 삼십 년간 읽은 불경은 오직 역근경(易筋經)과 세수경(洗髓經)이 아니었을까 싶군."

생각에 잠겨 있던 각원이 고개를 들어 아미성녀를 바라보았다.

"그 말씀은?"

"소림의 무공이 어디에서부터 시작되었나?"

"아!"

각원이 탄성을 흘렸다.

무림의 태산북두라 불리는 소림.

천하무학의 시발점이 되었다고 알려진 소림의 모든 무공은 달마 조사가 남긴 두 권의 책자에서부터 시작되었다.

역근경과 세수경.

하지만 이내 각원의 두 눈은 불신으로 물들었다.

'가능한 일인가?'

모든 소림 무공의 근원이자 이치가 담겨 있다고 알려진 역근경과 세수경이었지만 당금에 이르러 어느 누구도 역근경과 세수경에 관심을 갖지 않았다.

수백 년의 전통을 가진 소림.

그 오랜 시간이 흐르는 동안 무공에 특출난 재능을 보인 일대 종사 급의 무승들은 수없이 등장했다.

그리고 그들에 의해 소림의 무공은 소림칠십이종 절예나 나한십팔수, 반야신공 등으로 발전했다.

당금에 이르러 소림의 무승들은 당연하다는 듯이 조금 전에 열거한 무공들에만 관심을 가지고 있었다.

그런데 지금 눈앞의 혜초가 세수경과 역근경에서 나름의 깨달음을 얻어 소림 무공의 묘리를 터득한 것이다.

만약 이것이 사실이라면 의미하는 바는 컸다.

새로운 무학을 창시하는 것은 일대 종사 수준이 되어야만 가능하다고 알려져 있었다.

다시 말해 혜초가 이미 일대 종사 수준의 무인이라는 뜻이었다.

한마디로 말해 엄청난 무재!

게다가 혜초의 나이는 아직 쉰에 불과했다.

시간이 흐른다면 지금까지 존재하는 소림의 무학을 새로이 정립하고 재창조해서 한층 더 발전시킬 정도의 능력이 있는 무재였다.

혜초를 바라보던 각원은 땅을 쳤다.

어떻게 저 정도로 대단한 인재가 소림에 있다는 사실조차도 몰랐을까 하는 자책을 하면서.

"강하군!"

"……."

"기세면 기세, 초식이면 초식. 어느 것 하나 흠잡을 곳이 없어. 더구나 시간이 지날수록 점점 더 나아지고 있어."

아미성녀가 웬만해서는 꺼내지 않는 칭찬을 했다.

하지만 각원은 아무런 대꾸도 없었다.

묵묵히 사무진과 장하일의 공세를 바라보고 있던 각원이 한참 만에야 가라앉은 목소리로 입을 열었다.

"인정해야겠습니다."

"무엇을 말인가?"

"제가, 그리고 소림이 보는 눈이 없었습니다."

굳이 아미성녀의 칭찬이 아니더라도 장하일의 무공은 놀라웠다.

탄식처럼 한마디를 내뱉고 있는 각원을 향해 아미성녀가 고개를 돌렸다.

그리고 각원의 눈빛을 살피던 아미성녀가 잠시 뒤 입을 뗐다.

"아까운가?"

"아깝다기보다는……."

"미련을 가지지 말게. 소림에 어울리는 자가 아니니까."

그 이야기를 들은 각원이 가볍게 고개를 끄덕였다.

각원이라고 해서 지금 장하일의 몸에서 뿜어져 나오고 있는 강한 살기를 느끼지 못할 리 없었다.

머리를 깎고 승복을 입지 않았다면 어느 누가 지금 장하일을 소림의 승려라고 생각할 수 있을까.

"살성의 운명을 타고났어."

"그렇습니까?"

"만약 소림에 머물지 않았다면 희대의 살성이 되었을 걸세. 그것을 막은 것만으로도 소림은 강호를 위해서 커다란 역할을 한 셈이지."

"하지만 타고난 살성이라면?"

각원이 걱정스런 표정으로 입을 뗐다.

살성의 기운은 타고나는 것이었다.

그리고 그 살성의 운명은 시간이 흐른다고 해서 사라지거나 변하는 것이 아니었다.

혜초가 죽기 전까지는 살성을 타고난 운명의 굴레에서 벗어나기 힘든 것이었다.

더구나 조금 전까지는 몰랐지만 이제는 혜초가 엄청난 무공을 익혔다는 사실까지 깨달은 상황에서 각원이 걱정하는 것은 당연했다.

'만약 강호로 나간 혜초가 수천 명의 인명을 살상하는 흉흉한 마두가 된다면?'

혜초의 사문은 소림.

그리고 그 사실은 금방 알려질 것이고 비난의 화살이 소림으로 일제히 쏠릴 것은 당연한 일이었다.

"걱정하지 말게."

하지만 아미성녀는 이번에도 태연자약하게 말했다.

"그렇지만……."

그리고 각원은 아미성녀에게 서운한 마음이 들었다.

아미파에 직접 관련된 일이 아니라고 너무 쉽게 이야기한다는 느낌이 들어서.

"역근경과 세수경은 자네도 알다시피 달마 조사가 남긴 말씀이 적힌 불경일세."

"……?"

"저자가 그런 역근경과 세수경을 공부한 지 무려 삼십 년이란 시간이 흘렀지. 그동안 아무런 깨달음도 얻지 못했겠나?"

그래서 서운함을 토로하려던 각원이 입을 다물었다.

지금 아미성녀가 꺼낸 말을 통해 너무 걱정하지 말라던 이야기에 담긴 의미를 눈치챌 수 있었다.

"최소한 살성이 되지는 않을 걸세. 그리고……."

"무슨 말씀을 하시려는 것입니까?"

"마교의 교주를 믿게."

아미성녀의 이야기에 반박을 하려던 각원이 입을 다물었다.

사무진을 바라보고 있는 아미성녀의 눈빛은 말로 설명하기 힘든 묘한 빛을 띠고 있었다.

신뢰라고 해야 할까.

아니, 그건 각원이 잘못 본 것이었다. 지금 아미성녀의 눈빛은 사랑에 빠진 여자가 보여주는 무조건적인 맹신이었다.

"아미타불!"

더 말해 무엇할까.

지금은 어떤 말을 해도 소용없다는 것을 눈치챈 각원이 한 걸음 앞으로 나서며 일갈을 내질렀다.

"그만 멈추도록 하게!"

손가락 한마디 정도의 거리를 남기고 멈춘 사무진과 장하일의 주먹.

아직까지 남아 있는 진기가 꿈틀대고 있는 오른손을 천천히 내리며 사무진이 붉은 눈썹을 꿈틀했다.

사무진과 장하일이 펼친 것은 같은 무공이었다.

혈영마존의 독문무공이었던 파환수라권!

그런데 달랐다.

첫 번째 초식인 단파삼권(斷破三券)을 펼칠 때만 해도 파환수라권임을 의심하지 않았다.

하지만 비무가 시작되고 시간이 흐를수록 장하일이 펼치는 것은 사무진이 펼치던 파환수라권과 달라졌다.

마치 전혀 다른 무공처럼 느껴질 정도로.

그러나 위력이 약해진 것은 결코 아니었다.

비록 사무진을 압도하지는 못했지만 시간이 흐르면서 장하일이 우위를 점하고 있었던 것만은 사실이었다.

"아미타불!"

숨소리가 살짝 거칠어진 채로 불호를 외우고 있는 장하일의 얼굴은 어느새 붉게 달아올라 있었다.

그리고 그의 얼굴이 상기된 것은 힘에 겨워서가 아니었다.

오래간만에 사용한 무공으로 인한 흥분과 쾌감 때문이었다.

"좋아요?"

"아미타불."

"'아미타불'은 무슨."

"……?"

"앞으로는 '천마불사'라고 해요."

씨익 웃으며 사무진이 던진 이야기를 듣고서 장하일의 표정이 무거워질 때, 소리를 질러 비무를 멈추게 한 각원이 다가왔다.

잔뜩 굳어진 표정으로 다가온 각원의 시선이 혜초에게로 향했다.

그리고 이내 노성을 터뜨렸다.

"혜초 이놈, 이곳이 어디더냐? 다른 곳도 아닌 양심당(養心堂)이다. 양심당은 불경을 연구하는 곳이라는 사실을 잊었단 말이냐!"

서슬 퍼런 기세로 소리치는 각원을 향해 장하일이 자신의 잘못을 깨닫고 뒤늦게 고개를 숙였다.

"죄송합니다."

"죄송하다? 지금 이 상황이 고작 죄송하다는 말 한마디로 해결될 정도로 간단한 사안이라고 생각하느냐?"

"제자의 죄가 크다는 것은 알고 있습니다. 어떤 벌이라도 달게 받겠습니다."

"좋다, 네 입으로 네 죄를 알고 있다고 분명히 말했다. 어디 한번 네가 범한 죄를 말해보거라."

"경건해야 할 양심당 안에서 소란을 일으켰습니다."

"그것뿐이냐?"

"……."

"네가 지은 죄는 그것만이 아니다. 그 어느 곳보다 경건해야 할 양심당에서 살기를 일으켰으며, 무공을 익힌 것을 감추었으니 소림을 기만했으며, 허락도 없이 소림의 무공을 익히기도 했다. 그 외에도 이루 말할 수 없을 정도로 많은 죄를 지었으나 더 이상 말하지는 않겠다."

"제자는……."

각원이 말을 마치자 장하일은 당황스런 표정을 감추지 못했다.

그리고 뭔가 변명을 꺼내려 했지만 각원은 그조차도 허락하지 않았다.

"아직도 할 말이 남아 있느냐?"

"휴우, 아닙니다."

"조금 전에 네 입으로 분명히 어떤 벌이라도 달게 받겠다고 말했다. 물론 기억하고 있겠지?"

"기억하고 있습니다."

장하일이 긴장한 표정으로 고개를 숙였다.

그리고 그런 장하일의 귀에 대고 사무진이 속삭였다.

"사람을 죽인 것도 아니고 비무 한번 한 것 가지고 너무 한 것 아니에요? 여기서 이렇게 험한 꼴 당하지 말고 그냥 마교로 와요."

"……."

"우리 마교는 사람을 죽여도 아무 말도 안 해요."

사무진의 달콤한 감언이설에도 장하일은 흔들리지 않았
다.

각원의 명이 떨어지기를 기다리고 있던 장하일이 눈을 감
았다.

"파문을 명한다!"

그리고 각원의 입에서 흘러나온 말을 들은 장하일은 신형
을 휘청였다.

그만큼 큰 충격을 받았다.

파문이라니.

물론 그가 지은 죄가 적지 않았다.

하지만 현 소림의 장문인인 각원의 성정은 유하기로 소문
이 나 있었다.

그래서 기껏해야 면벽 수련 정도의 벌을 예상하고 있었는
데 장문인은 방금 파문이라는 결정을 내렸다.

예상치 못한 결정!

그래서 장하일의 얼굴이 하얗게 질렸다.

그리고 당황한 것은 장하일만이 아니었다.

지객당주인 혜진도 하얗게 질린 얼굴로 서둘러 소리쳤
다.

"지나친 처사이십니다!"

"무엇이 지나치단 말이냐?"

"성급한 결정이십니다. 조금 더 시간을 두고 판단하셔도 될 문제입니다."

혜진이 간곡하게 부탁했지만 각원은 흔들리지 않았다.

"시간이 흐른다 하더라도 내 결정은 변함이 없다."

"……"

"혜초와 소림의 인연은 여기까지다."

"장문 진인!"

"아직 할 말이 남아 있는가?"

각원과 무릎을 꿇고 있는 장하일의 시선이 부딪쳤다.

그리고 잠시 후, 장하일이 힘겹게 입을 뗐다.

"없습니다."

"좋다. 소림이 네게 준 것이 무엇이냐?"

"너무 많은 것을 주었습니다."

"너무 많은 것을 주었다? 파문에 처하게 된 이상 원래라면 소림이 네게 준 것을 모두 회수해야 하나 그것은 너무 가혹한 듯하구나."

"장문 진인!"

"그렇게 부르지 말거라. 이제 너는 소림과의 인연이 끝났으니까."

냉정하기 그지없는 한마디에 장하일의 눈에 서운함이 깃

들었다.

그러나 이내 등을 돌린 각원은 아무것도 보지 못했다.

"사실, 준 것이 너무 없구나. 그래서 미안하구나."

"……?"

"하나만 약속하거라. 살심에 젖어서, 그래서 운명의 노예가 되어서 살아가지는 않겠다고. 약속할 수 있겠느냐?

"무슨 일이 있어도… 그리하겠습니다."

장하일이 고개를 주억거렸다.

그 모습을 슬쩍 살핀 각원이 사무진에게로 시선을 던졌다.

"자네가 도와주게."

"걱정 말아요."

"마교의 교주에게 부탁을 할 일이 있을 줄은 몰랐군. 어쨌든 잘 부탁하네."

쓴웃음을 지은 채 각원이 마지막으로 무릎을 꿇고 있는 장하일에게로 시선을 던졌다.

"장문 진인!"

그리고 장하일이 다시 한 번 절절한 목소리로 불렀지만 각원은 다시 고개를 돌리지 않고 묵묵히 걸음을 옮겼다.

"날씨가 좋네요."

"……."

"파문당하기 딱 좋은 날씨죠?"

"……."

"그렇게 인상 쓰지 말아요. 소림사보다 더 유명한 마교로 들어왔잖아요. 잘 모르나 본데, 요즘 마교 잘 나가요."

"……."

"한 자리 줄게요."

"……."

"알았어요. 높은 자리로 줄게요."

삼십 년이나 머물렀던 소림에서 갑작스런 파문을 당한 충격이 커서일까.

장하일의 표정은 무거웠다.

사무진이 꺼내는 말에 아무 대꾸도 없이 며칠 동안 묵묵히 걸음을 옮기던 장하일이 마침내 입을 열었다.

"솔직히 말하겠네."

"교주는 나니까 안 되고 나머지 자리는 뭐든지 가능해요."

"소림을 떠난 것은 그리 아쉽지 않네. 어차피 언젠가는 떠날 것이라 예상하고 있었으니까. 다만 내가 두려운 것은 내 자신일세."

"……?"

"증조부님께서는 나를 소림에 보내시며 말씀을 남기셨네. 언젠가 너를 찾아오는 자가 있을 것인데 그자라면 믿고 따라

가도 된다고 하셨지."

"……."

"꼬박 삼십 년을 기다렸네. 그리고 찾아온 것이 자네일세."

"알아요."

"하나만 답해주게. 내가 살기를 주체하지 못하고 이성을 잃으면 어찌할 생각인가?"

무척이나 진지한 장하일의 표정이었지만 사무진은 일말의 망설임도 없이 대꾸했다.

"죽일 생각이에요."

"역시 그런가?"

"반만."

"그건?"

"매에는 장사가 없는 법이거든요."

히죽 웃으며 꺼낸 사무진의 대답을 듣고서 장하일이 왠지 섬뜩한 느낌을 받고서는 움찔했다.

그러나 이내 다시 질문을 꺼냈다.

"그만한 능력이 있는가?"

왠지 미심쩍은 듯한 표정을 짓고 있는 장하일을 확인하고서 사무진이 걱정하지 말라며 대꾸했다.

"이래 봬도 내가 손가락 하나로 태사령 임무성을 죽인 사람이에요."

"정말인가?"

"믿어요."

자신만만한 사무진의 한마디가 조금 위로가 되었을까.

장하일의 안색이 한층 밝아졌다.

그리고 이야기를 꺼내는 목소리도 한결 가벼워져 있었다.

"이제 솔직히 말해봐요. 나오니까 좋죠?"

"그래. 사실 좀 갑갑했거든."

그제야 홀가분하게 속내를 털어놓던 장하일이 사무진에게 궁금한 것에 대한 질문을 쏟아냈다.

"나를 마교에 데려가 무엇을 할 생각인가?"

"하고 싶은 게 뭔데요?"

"이왕 나왔으니… 실컷 싸우고 싶네."

잠시 망설이다가 장하일이 솔직히 말했다.

소림이라는 감옥에 갇혀 지낸 지 무려 삼십 년.

역근경과 세수경을 공부하며 그 속에 숨어 있는 무리(武理)를 깨달았다.

그리고 그 깨달은 무리를 파환수라권에 접목시키며 참고 보낸 시간이었지만, 살인의 충동은 시도 때도 없이 찾아왔다.

살인을 할 때의 쾌감.

애써 억누르려 했지만 그때의 쾌감은 잊혀지지가 않았다.

소림을 벗어난 지금, 그가 가장 하고 싶은 것은 조금 전에 말한 대로 누군가와 싸워 죽이는 것이었다.

"그건 걱정 말아요. 실컷 싸우게 해줄 테니까."

그래서 장하일은 사무진이 꺼내는 대답이 반갑기 그지없었다.

그리고 희미한 웃음을 짓고 있던 장하일은 또 다른 의문이 생겼다.

"그런데 상대는 누군가?"

"알면 놀랄 텐데."

"……?"

"현 강호에 마교를 좋아하는 사람들은 별로 없어요. 대부분이 적이라는 소리죠. 그래도 굳이 상대를 꼽자면……."

"꼽자면?"

"사도맹 정도."

히죽 웃으며 사무진이 꺼낸 말을 듣고서 장하일은 놀란 표정을 감추지 못했다.

비록 소림사에만 머물러 있었다고 하더라도 장하일도 현 강호의 정세에 대해서 귀동냥으로 얻어들은 것이 있기에 어느 정도는 알고 있었다.

그래서 사도맹이 어떤 곳인지도 알았지만 장하일의 얼굴에는 서서히 웃음이 짙어지기 시작했다.

"그 정도라면 신나게 싸울 수 있겠군."

그런 장하일을 바라보던 사무진이 만족스러운 듯 고개를 끄덕였다.

"이 두둑한 배짱. 역시 소림이 아니라 마교에 어울리는 인재네요."

"그런가?"

"마교를 택한 것 후회하지 않게 해줄게요. 그리고 아까 내 실력을 영 못 미더워하는 것 같던데 이제 보여줄게요. 마침 저기 몇 명이 우리를 기다리고 있네요."

꽤나 가파른 산의 소로를 걷고 있던 사무진이 히죽 웃음을 지었다.

우거진 수풀 사이에 몇 명의 산적들이 몸을 숨기고 있었지만 그렇다고 기척까지 감출 수 있는 것은 아니었다.

그리고 산적들 몇 명이 숨어 있다는 것을 이미 눈치채지 못했을 아미성녀나 장하일이 아니었다.

물론 불안하거나 겁에 질린 것은 아니었다.

오히려 장하일은 이해가 가지 않는다는 표정이었다.

"저들은 말 그대로 산적에 불과하네."

"그냥 산적이 아니죠."

"그럼?"

"흑산채에 속해 있는 산적들이죠."

"그래 봤자 산적일 뿐이지 않은가? 설마 저들을 상대로 해서 자네의 실력을 드러낼 생각인가?"

"두고 보면 알아요."

"……?"

"흑산채의 산적들 중에 창술의 달인이 한 명 있거든요."

사무진의 얼굴에 떠올라 있는 웃음이 짙어졌다.

第八章
흑산채

共同
傳人
공동전인

'대체 무슨 생각일까?'

마교로 돌아가지 않고 사무진이 굳이 흑산채를 찾아가는 것이 이해가 가지 않는 것은 아미성녀도 마찬가지였다.

녹림칠십이채에 속해 있다고는 하나 흑산채는 결국 산적들의 소굴일 뿐이었다.

비록 흑산채의 채주를 맡고 있는 역도쌍부 호굉연이 꽤나 실력이 있다고 알려져 있었지만 그래 봤자 산적들 중에서나 이름을 날릴 뿐이었다.

아미성녀가 보기에는 호굉연의 실력은 아무리 좋게 봐준다 하더라도 표국의 표두 수준에 불과했다.

게다가 그의 무기는 창이 아니라 거대한 쌍부라 알려져 있었다.

아무리 생각해도 사무진이 찾는 자는 아닌 듯 보였다.

"혹시 녹림칠십이채와 손을 잡으려고?"

그래서 사무진에게 넌지시 질문을 던지던 아미성녀의 눈에 사무진이 갑자기 은자주머니를 꺼내는 것이 보였다.

"갑자기 그건 왜 꺼내느냐?"

"지금 우리 상태를 봐요."

"……?"

"웬만큼 나쁜 산적들이 아니고서야 그냥 보내줄 걸요?"

허름한 마의를 입고 있는 아미성녀와 다 헤어진 승복을 걸치고 있는 장하일, 게다가 더벅머리의 사무진까지.

사무진의 말은 틀린 말이 아니었다.

수풀 사이에 숨어 있는 산적들은 전혀 뛰쳐나올 기미조차 보이지 않았다.

그러나 사무진이 은자 주머니에서 반짝이는 은자들을 쏟아내자 상황은 달라졌다.

숨어 있던 산적들의 숨소리가 거칠어지는 것이 느껴질 정도였다.

"게 멈추지 못할까?"

그리고 머리가 반질반질한 거구의 사내를 필두로 숲 속에 숨어 있던 여섯의 산적이 일제히 뛰쳐나왔다.

한쪽 눈이 애꾸인 사내, 왼쪽 얼굴에 긴 흉터가 나 있는 사내, 거대한 철부를 들고서 빙빙 돌리고 있는 사내까지.

그들 나름대로는 험악한 표정을 짓고 있었다.

그리고 언제나처럼 깜짝 등장을 한 셈이었다.

하지만 그들은 상대를 잘못 골라도 한참이나 잘못 고른 셈이었다.

올해로 세수가 아흔이 넘는 아미성녀가 너무 놀라서 심장마비라도 일으키지는 않을까 했던 그들의 걱정은 말 그대로 기우에 불과했다.

"녹림 애들은 발전이 없어. 벌써 반백 년이 흘렀건만 예나 지금이나 등장할 때의 대사가 조금도 다르지가 않아."

아미성녀는 전혀 놀라지 않았다.

팔짱을 낀 채로 허공을 응시하며 혀를 찼을 뿐이었다.

그리고 그것은 장하일도 마찬가지였다.

기가 차다는 표정으로 모습을 드러낸 여섯의 산적을 힐끗 살피고는 슬그머니 고개를 돌려 외면해 버렸다.

"어이쿠, 무서워라."

산적들의 기대에 부응해 준 것은 사무진뿐이었다.

"혹시 산적?"

주춤거리며 뒤로 물러나며 안색이 어두워진 사무진이 정해진 수순대로 준비했던 대사를 읊조렸다.

"그래, 우리가 바로 흑산채의 영웅들이시다."

"가진 것을 모두 내놓는다면 살려주마."

"어서 무릎을 꿇지 못할까?"

그리고 흑산채의 산적들도 마치 짠 것처럼 각자 맡은 대사를 읊조렸다.

하지만 이번에도 무릎을 꿇는 사람은 없었다.

"홍!"

아미성녀는 어이가 없다는 듯 콧방귀를 뀌었을 뿐이었다.

그 콧방귀 소리를 듣고 빈정이 상한 산적들의 인상이 더욱 험악하게 변했다.

"어이, 할망구!"

"……"

"대답 안 해? 귓구멍이 막혔나? 오호, 그래 귀가 멀었구나. 하긴 그러니 저리 뻣뻣하게 서 있을 수 있지. 보아하니 손자랑 함께 유람이라도 나온 것 같은데 이번 한 번만 봐주는 줄 아슈."

아미성녀의 귀가 먼 것이라고 제멋대로 판단을 내린 머리가 반들반들한 산적이 이번에는 장하일에게로 시선을 돌렸다.

"어이, 땡중."

"……"

"넌 왜 무릎 안 꿇어? 설마 나는 종교인이니까 건드리지 않을 것이라는 근거없는 믿음으로 버티고 있는 건 아니지? 잘 모르나 본데 소림사의 땡중이라고 해도 안 봐주니까 얼른 무릎 꿇어라."

스윽.

지금 눈앞에서 벌어지고 있는 일에는 전혀 상관하지 않겠다는 듯 허공을 응시하고 있던 아미성녀가 고개를 돌렸다.

스윽.

그리고 바닥으로 고개를 떨구고 있던 장하일도 고개를 들었다.

폭사하는 안광!

일류를 넘어 절정의 경지에 이르러 있는 두 사람의 매서운 시선을 받은 대머리 산적이 일순 움찔하며 뒤로 물러났다.

"눈 안 깔아?"

"……!"

"……!"

"이것들이 아직 정신을 못 차리고."

뒤늦게 실수를 알아채고 다시 소리를 지를 때 장하일이 더는 참지 못하겠다는 듯 앞으로 나섰다.

하지만 아미성녀가 먼저 움직였다.

그리고 그녀는 장하일을 제지했다.

"내게 맡기게."

"하지만……."

"손주와 유람 나온 할망구라는 말까지 듣고서 가만히 있을 수야 없지. 자네도 이해해 주겠지?"

아미성녀의 목소리는 나직했지만 쉽게 항거할 수 없는 힘이 담겨 있었다. 그러나 장하일도 쉽게 물러나지 않았다.

"일개 산적 주제에 감히 사문을 모욕한 자들입니다."

"그래서 양보할 수 없다는 뜻인가?"

"그렇습니다."

장하일이 고개를 끄덕였다.

그리고 짙은 살기가 담겨 있는 장하일의 두 눈을 마주하던 아미성녀가 고개를 흔들며 다시 말했다.

"거짓말이로군!"

"……?"

"저들이 소림을 모욕했다는 말은 자네가 갖다 붙인 핑계에 불과해. 자네는 지금 살심에 물들었을 뿐이네."

"그건……."

"지금껏 억지로 눌러왔던 살심이었지만 더 이상 제어할 필요가 없다는 생각이 드니 은연중에 자네의 마음을 지배했겠지. 자중하게, 자중하지 않는다면 자네는 그 살심의 노예가 될 수밖에 없으니."

붉게 충혈된 두 눈.

그리고 으스러져라 주먹을 움켜쥐고 있던 장하일이 간신히 주먹을 풀었다.

"운이 좋았네요."

그런 그를 향해 다가간 사무진이 피식 웃으며 말했다.

"무슨 소린가?"

"만약 계속 고집을 피웠으면 반쯤 죽을 정도로 패놓으려고 했거든요."

얼굴에 떠올라 있는 미소와는 전혀 어울리지 않는 독설을 풀어놓고 있는 사무진에게 아미성녀가 물었다.

"사지 중 하나를 부러뜨릴 생각인데 상관없느냐?"

"상관없어요. 아, 한 명은 다리가 멀쩡해야 돼요. 그래야 산채로 가서 알릴 수 있을 테니까."

"그러니까 한 놈만 다리가 멀쩡하면 된다는 말이지?"

사무진의 대답을 듣고서 아미성녀가 고개를 끄덕였다.

왠지 불안한 표정을 짓고 있는 대머리 산적을 바라보며 섬뜩한 웃음을 남긴 아미성녀의 신형이 순간 사라졌다.

"흐윽."

"크아악."

조용한 산속에서는 어디 한 군데씩이 사이좋게 부러져 있는 다섯 명의 산적이 흘리고 있는 비명 소리로 가득 찼다.

그리고 일찌감치 자리를 잡고는 모닥불까지 피워놓고 불을 쬐고 있던 사무진이 산적들이 몰려드는 소리를 듣고 희미한 웃음을 지었다.

"저기, 저 할망구입니다!"

제일 멀리 떨어져 있었다는 이유로 사지 중 하나가 부러지는 것을 면하고 산채로 뛰어올라 가서 동료들을 데리고 왔던 애꾸눈의 산적이 아미성녀를 손가락으로 가리키며 소리를 질렀다.

"진짜 할망구잖아. 이런 멍청한 놈들을 봤나. 넌 지금 뭘 잘했다고 소리를 지르고 난리야. 확 다리를 분질러 버릴라."

스무 명도 넘는 산적들을 이끌고 온 적한경이 바닥을 뒹굴고 있는 자들을 한심하게 노려보고서는 한숨을 내쉬었다.

"쓰벌. 고작 할망구 하나 때문에 스무 명이나 데리고 오다니. 야 이 새끼들아, 거기 멍청히 서서 뭐 해?"

"어쩔까요, 형님?"

"어쩌긴 뭘 어째? 할망구 하나 상대하는데 나까지 나서야 돼?"

퉤! 하고 바닥에 침을 뱉던 적한경이 눈을 크게 떴다.

조금 전까지만 해도 쭈그리고 앉아서 손을 앞으로 내밀고 모닥불을 쬐고 있던 할망구가 코앞으로 다가와 있었다.

눈으로 보고서도 믿기 힘든 신법.

조금 전에 삿대질을 하고 있던 수하의 손가락을 움켜쥐고 기이한 각도로 꺾어버리는 것을 확인한 적한경은 깨달았다.

"대단한 고수!"

하지만 너무 늦게 깨달았다.

"크아악."

"커흑."

적한경은 움직여 볼 엄두도 내지 못했다.

불과 반 각도 지나지 않아서 적한경이 데리고 왔던 위풍당당했던 수하들은 모두 바닥을 뒹굴고 있었다.

순식간에 혼자 남겨진 적한경이 침을 꿀꺽 삼켰다.

"어제 꿈자리가 뒤숭숭하더니만……."

인상을 쓴 채로 적한경이 등에 걸려 있던 대도를 뽑아 들었다.

기껏해야 아미성녀에게 일초지적도 안 된다는 것을 알고 있었지만 피할 도리가 없는 상황이었다.

그래서 적한경이 이를 꽉 깨물고 대도를 휘두르려고 할 때, 불을 쬐고 있던 사무진이 입을 뗐다.

"살고 싶지?"

"그야……."

"그거 집어넣고 얼른 올라가서 좀 더 센 사람으로 데려와."

적한경이 눈알을 굴리며 상황을 파악하기 시작했다.

그리고 그는 눈치가 있었다.

잠시 주저하던 적한경은 순식간에 마음을 결정하고는 조심스럽게 입을 뗐다.

"그럼 채주님을 모시고 오겠습니다."

"너희 채주는 무기가 뭔데?"

"쌍부입니다."

"쌍도끼?"

"그렇습니다."

"그럼 아닌데……."

"……?"

"혹시 무기로 창을 쓰는 사람은 없어?"

"창을 주로 쓰는 자는 세 명이 있습니다만……."

"근데?"

"한 명은 저기서 뒹굴고 있고, 나머지 두 명도 그다지 강하지 않습니다."

고개를 갸웃하고 있는 적한경을 보던 사무진이 잠시 고민하다 어쩔 수 없다는 듯이 대답했다.

"다 데리고 와!"

"네?"

"귀찮아서 안 되겠다. 일각 안에 다 데리고 여기로 와. 안 그러면 여기 계신 아미성녀님이 직접 찾아가실 거야."

아미성녀라는 별호를 듣고 적한경이 입을 쩌억 벌렸다.

그리고 이내 적한경이 죽을 힘을 다해 산채로 달리기 시작했다.

혹산채의 채주인 역도쌍부 호굉연은 노련한 자였다.

허겁지겁 달려온 적한경으로부터 아미성녀라는 별호를 듣

자마자 감히 맞서 싸우는 것은 일찌감치 포기한 듯 보였다.

그리고 숨도 고르지 않고 일단 웃었다.

사무진이 보기에는 아미성녀에게 친근감을 드러내기 위해 웃은 것 같았지만 그다지 효과는 없어 보였다.

원체 비호감으로 생긴 얼굴이라 웃음을 지어도 여전히 비호감이었으니까.

어쨌든 만면에 웃음을 지은 채 수하들과 함께 달려온 그는 일단 아미성녀에게 구십 도로 고개를 숙였다.

"이 모든 게 다 제가 부덕한 탓입니다. 귀한 손님이 오신 것도 눈치채지 못한 멍청한 수하 놈들을 대신해서 제가 사과드립니다."

그리고 등뒤에 매달려 있는 거대한 쌍부는 꺼낼 생각도 없이 입을 열던 그가 바닥에 쓰러진 채 신음하고 있는 수하들을 살핀 후 안도한 표정을 지었다.

비록 사지 중 한 군데씩이 부러지기는 했지만 죽은 자는 없었다.

감히 아미성녀에게 대든 이상 모두 죽였다 해도 할 말이 없을 텐데 이 정도면 뭐랄까?

그래, 거의 축복 수준이었다.

"손속에 사정을 두어주셔서 감사드립니다."

다시 한 번 인사를 하면서 호굉연이 슬쩍 눈치를 살폈다.

'대체 왜 여기 와서 지랄이야?'

내려오는 동안 아무리 머리를 굴려봐도 아미성녀가 여기까지 찾아온 이유를 알 수가 없었다.

그리고 자신과는 눈도 마주치지 않고 탁탁 소리를 내며 타오르고 있는 모닥불만 바라보고 있는 아미성녀를 보며 눈치를 살피던 호굉연이 품속으로 손을 집어넣었다.

"급하게 달려오느라 많이 넣지는 못했습니다."

황금 스무 냥.

요즘 같은 불경기에 황금 스무 냥은 결코 적은 돈이 아니었다.

저승사자 못지않게 무서운 아미성녀의 앞이라 말은 그렇게 했지만 가죽 주머니를 들고 있는 손은 벌벌 떨렸다.

다행히 아미성녀는 지금 호굉연이 꺼낸 가죽 주머니에 별다른 관심이 없는 것처럼 보였다.

그래서 다행이라는 생각을 할 때, 아미성녀의 곁에 앉아 있던 젊은 놈이 일어나서 다가왔다.

'이 자식은 뭐야?'

전혀 신경 쓰지 않던 놈이었다.

피처럼 붉은 눈썹이 조금 특이하기는 했지만 그러려니 했다.

적미천마 사무진!

근래 들어서 강호에서 가장 유명한 인물 중 하나가 바로 적미천마라 불리는 마교의 교주였다.

오죽 유명했으면 늘 산 속 깊숙한 곳에 처박혀 있는 흑산채에까지 그 소문이 들렸을까.

어쨌든 적미천마가 유명해지면서 전혀 어울리지 않는 붉은 눈썹으로 물들이고 다니는 놈들이 늘어나고 있다고 했으니 그런 한심한 놈들 중 하나일 거라고 코웃음을 쳤다.

하지만 그래도 함부로 대할 수는 없었다.

호가호위(狐假虎威).

아미성녀라는 호랑이의 위세를 등에 업은 여우였다.

아니, 여우도 아니라 그냥 양처럼 보였지만 아미성녀라는 호랑이가 워낙에 무서워 건들거리며 걸어오는 양조차도 두려울 정도였다.

"얼마야?"

"스무 냥입니다."

"은자?"

"그럴 리가 있습니까? 황금입니다."

새파랗게 젊은 놈에게 존댓말을 쓰고 싶진 않았지만 상황이 상황이니 어쩔 수 없다고 자위하며 꾹 눌러 참았다.

"돈 잘 버나 보네."

"그럴 리가요?"

"일단 성의를 거절할 수는 없으니 받지 뭐."

호굉연의 손에 들려 있던 황금 스무 냥이 들어 있는 가죽 주머니를 향해 사무진이 손을 뻗었다.

지체하지 않고 손을 뻗는 것을 보고 호굉연이 가죽 주머니를 움켜쥐고 있는 손에 힘을 더했다.

하지만 호꿩연이 꽉 움켜쥐고 있던 가죽 주머니는 어느새 사무진의 손에 넘어가 있었다.

"어라."

순식간에 빼앗긴 가죽 주머니를 보며 호꿩연이 당황스런 표정을 지을 때, 사무진이 품속에서 숟가락을 꺼냈다.

그리고 그 숟가락을 확인한 호꿩연이 방금 전에 어이없을 정도로 쉽게 가죽 주머니를 빼앗긴 것에 대해서는 잊고 재빠르게 머리를 굴렸다.

'식사?'

숟가락을 꺼낸 데는 다른 이유가 있을 리 없었다.

진수성찬을 차리라는 것으로 눈치챈 호꿩연이 뒤에 서 있는 수하들에게 눈짓할 때, 사무진의 손에 들린 숟가락이 호꿩연의 머리를 후려갈겼다.

퍼억.

"쓰벌, 치사하게 기습을 하다니……."

생각보다 훨씬 강한 충격에 호꿩연의 거구가 휘청였다.

간신히 정신을 차린 호꿩연이 인상을 쓸 때, 히죽 웃음을 짓고 있던 사무진이 천천히 입을 열었다.

"요즘 같은 불경기에도 이만큼이나 돈을 모았으니 대체 그동안 나쁜 짓을 얼마나 많이 했을까?"

"……?"

"일단 좀 맞자."

사무진이 다시 다가오는 것을 보며 호굉연도 인상을 썼다.

억울했다.

물론 나쁜 짓을 했다는 것을 부인할 생각은 없었다.

하지만 그건 당연한 일이었다.

착한 일을 하고 살 생각이었으면 산적이란 직업을 택했을 리가 없으니까.

가뜩이나 살림이 팍팍한 가운데 그래도 신경 써서 황금 스무 냥이나 갖다 바쳤는데도 불구하고 만족한 기색이 아니었다.

"더러워서 못 참겠네."

호굉연도 더는 참지 못했다.

흑산채의 산적 두목은 성질이 더럽지 않으면 못하는 직책이었다.

아미성녀라는 호랑이가 무섭기는 했지만 그것은 나중의 일이었다.

어쩌면 지금까지 참은 것만도 기적에 가까웠다.

더구나 아미성녀는 지금 벌어지는 일에는 신경도 쓰지 않고 모닥불 앞으로 손을 내밀고 불만 쬐고 있는 것으로 보아 그다지 친해 보이지도 않았다.

'일단 죽이고 나면 그때는 또 무슨 수가 생기겠지.'

대충 상황 파악을 마친 호굉연은 등에 걸려 있는 거대한 쌍부를 향해 손을 뻗었다.

콱. 콱.

현철로 만들어진 쌍부의 손잡이가 호굉연의 양손에 잡혔
다.

"넌 이제 뒈졌다!"

그리고 손에 잡힌 철부를 뽑아 드는 찰나, 사무진이 휘두른
숟가락이 다시 한 번 호굉연의 머리를 후려쳤다.

이번에도 충격이 적지 않은 듯 휘청이며 뒤로 물러난 호굉
연이 머리를 좌우로 흔들며 정신을 차리려 했지만 사무진은
그 잠깐의 틈조차도 주지 않았다.

퍽. 퍽.

다른 곳은 노리지도 않았다.

사무진이 휘두르는 숟가락은 오직 호굉연의 머리만을 노
리고 떨어져 내리고 있었지만 호굉연은 그것을 막지 못했다.

간신히 놓치지 않고 들고 있던 쌍부를 머리 위로 들어 올려
어떻게든 막아보려 했지만 헛수고일 뿐이었다.

비록 보잘것없는 산적들의 수괴에 불과하다고는 하나 역
도쌍부 호굉연의 실력은 일류에 올라 있다고 알려져 있었다.

하지만 지금의 모습은 너무 무기력했다.

그래서 호굉연을 바라보는 산적들의 눈에 실망감이 떠오
를 때, 그가 더는 참지 못하고 소리를 질렀다.

"쓰벌, 그만 때려!"

거대한 쌍부까지 바닥에 던져 버린 채 주저앉아 있는 호굉연의 눈에는 분하고 억울해서인지 눈물까지 그렁그렁 맺혀 있었다.

"지금 그거 반말?"

"그만 때리시죠."

사무진의 못마땅한 표정을 확인한 호굉연은 금세 존댓말로 바꾸었다.

그 짧은 사이 호굉연은 깨우쳤다.

아미성녀라는 호랑이의 위세를 등에 업은 양이 아니라, 진짜 호랑이라는 사실을.

공손하게 존댓말로 대꾸하는 호굉연을 보고 그제야 만족한 표정을 지은 사무진이 고개를 들어 이백 명에 이르는 흑산채의 산적들을 한 번 훑어보았다.

그리고 호굉연에게 다시 물었다.

"너보다 센 사람이 누구야?"

"없는데요."

"진짜?"

"제가 여기서 제일 강해서 산채의 두목을 맡고 있습니다."

이건 틀림없는 사실이라는 듯이 눈물을 글썽거리면서 힘주어 대답하는 호굉연을 사무진이 한심하다는 듯이 바라보았다.

"하여간 사람 보는 눈이 이렇게 없어서야. 하긴 소림의 장문인도 마찬가지였으니까 너한테 무슨 기대를 할까."

"……?"

"잘 봐. 저기 창을 둘러메고 있는 사람이 너보다 고수야. 그것도 몇십 배는 강할걸."

사무진이 손가락을 들어 누군가를 가리켰다.

그리고 사무진이 가리키는 인물을 확인한 호굉연이 이건 정말로 말도 안 된다는 듯 어이없는 표정을 지었다.

"보는 눈이 없으시기는 마찬가지인 것 같은데요."

"왜?"

"쟤가 들고 있는 창이 그럴듯하게 보여서 착각하시는 것 같은데 저 창은 그냥 멋으로 들고 다니는 겁니다. 쪽수가 모자랄 때 그냥 세워두는데만 쓰지, 평소에는 밥만 축내는 놈입니다. 부채주라면 또 모를까?"

"저놈이 부채주야? 아주 속이 음흉하게 생겼는데."

"제대로 보셨습니다. 저놈 뱃속에 시커먼 먹구렁이가 아홉 마리는 들어 있습니다. 들어온 지 얼마 되지도 않은 놈이 제자리를 노리는 것으로 봐서 아직 감추어둔 실력이 있을 겁니다."

사무진이 슬쩍 고개를 돌리니 고개를 좌우로 꺾으며 거만한 표정을 짓고 있는 흑산채의 부채주가 보였다.

금방이라도 달려들 기세로 허리에 걸려 있던 검을 꺼내고 있었다.

"쟤는 왜 저래?"

"이번이 기회라고 생각하는 것 같습니다. 채주인 제가 소협게 일방적으로 얻어터졌으니 제놈이 소협을 꺾으면 저보다 더 강하다는 것을 증명하는 거니까요."

"똑똑하네."

"똑똑하다기보다는 기회주의자라고 하는 편이 옳습니다."

"근데 기회를 잘못 잡았네."

"무슨 말씀이신지?"

"체면 좀 세워줄까?"

"……?"

사무진이 하는 말의 의미를 알아채지 못한 호굉연이 머리를 긁적였다.

그런 그를 향해 씨익 웃음을 지은 사무진이 좀 더 설명해주는 대신 품속에 넣어두었던 숟가락을 다시 꺼냈다.

"아까 몇 대 맞았지?"

"일곱 대 맞았습니다."

"그래?"

그 말이 끝날 무렵 사무진의 신형은 어느새 흑산채의 부채주 앞으로 다가가 있었다.

깜짝 놀란 부채주가 미리 꺼내놓았던 검을 휘둘렀지만 엉겁결에 휘두른 눈 먼 검에 맞아줄 사무진이 아니었다.

한 발을 내딛어 그 검을 가벼이 흘린 사무진이 숟가락을 휘둘렀다.

퍼억.

쿠웅.

이번에는 단 한 방이었다.

숟가락에 머리를 얻어맞은 부채주는 썩은 고목처럼 무너졌다.

그리고 쓰러진 부채주를 힐끗 살핀 사무진이 호굉연을 바라보며 소리쳤다.

"역시 부채주보다는 채주가 더 강하네!"

호굉연의 어깨에 금세 힘이 들어갔다.

하지만 사무진은 이미 호굉연에게서 관심이 멀어진 후였다.

사무진의 시선은 등에 장창을 메고 있는 사내에게로 향해 있었다.

마흔 중반으로 보이는 사내.

키가 육 척 정도로 사무진보다 조금 큰 편이었지만 무척이나 뚱뚱한 편이라서 키가 사무진보다 더 작게 보였다.

가늘고 긴 눈은 반쯤 감긴 것처럼 느껴졌고, 얼핏 보면 후덕한 상인 같은 인상을 주고 있었다.

그 외양을 보면 사무진이 대단한 고수라고 말했을 때, 호굉연을 비롯한 흑산채의 산적들이 어이없는 표정을 지은 것도 이해가 갔다.

걷는 것도 힘겨워 보일 정도로 사내는 살이 쪘으니까.

"지겹지 않아요?"

하지만 이미 사내가 감추고 있는 실력을 알고 있는 사무진은 히죽 웃으며 물었다.

그리고 그 질문을 들은 사내는 고개를 흔들었다.

"별로."

"몸을 움직이는 것을 무척 싫어한다고 들었는데. 좋은 곳을 골랐네요."

"괜찮은 곳이지."

사내는 부인하지 않았다.

그리고 그런 사내를 향해 사무진이 다시 질문을 던졌다.

"마교 좋아해요?"

장하일에게 던졌던 질문과 같았지만 사내는 장하일과 달리 별로 관심이 없었다.

"싫어하지는 않아."

뚱한 표정으로 팔짱을 낀 채 사내가 대답하는 것을 듣고서 사무진은 기쁜 표정을 감추지 않았다.

"그럼 마교로 와요."

"……?"

"한 자리 줄게요."

이번에도 사무진이 달콤한 감언이설을 던졌지만 사내는 시큰둥한 표정이었다.

"별로 내키지 않는데."

"그래요? 역시 쉽지 않네요."

"그보다 넌 누구지?"

"난 마교의 교주예요."

"그래?"

사무진이 마교의 교주라고 정체를 밝혔음에도 불구하고 사내는 그다지 놀란 표정이 아니었다.

반쯤 감고 있던 눈을 살짝 떴을 뿐이었다.

정작 놀란 것은 호굉연을 비롯한 흑산채의 산적들이었다.

현 강호에서 가장 유명한 인물 중 한 명인 마교의 교주가 자신들의 눈앞에 있다는 것을 알게 된 그들은 놀라지 않을 수 없었다.

그러나 그들이 놀라기에는 한참 일렀다.

"흑산채를 지워야만 마교로 올 건가요?"

사무진이 아무렇지도 않게 꺼낸 말을 듣고서 흑산채의 산적들이 날벼락을 맞은 듯 벌벌 떨기 시작했다.

그리고 대답을 기다리던 사무진이 무명 노인과의 대화를 떠올렸다.

"두번째는 누군데요?"

호기심이 동한 사무진이 던진 질문에 무명 노인은 머리를 긁적이며 한참이나 생각하다 답했다.

"그놈 이름이 뭐였더라? 성이 육가였는데. 그래, 육소균이었다."

"육소균? 처음 들어보는데요."

"그럴 것이다. 아마 아직도 흑산채에 처박혀 있을 것이다."

"흑산채면 산적 아니에요?"

"맞다."

"그 대단한 용연창법까지 배운 사람이 왜 산적이나 하고 있대요? 강호에 나가도 적수가 없을 텐데."

"낄낄. 특이한 놈이거든."

고개를 갸웃하는 사무진을 보던 무명 노인이 나이와 전혀 어울리지 않는 교양없는 웃음을 흘렸다.

"뭐랄까? 속된 말로 아주 골 때리는 놈이야. 그놈 처음 만났을 때가 아직도 기억난다."

"어땠는데요?"

"그때 내가 새 애인을 만나러 가는 길이었는데 불쑥 숲에서 나오더니 이렇게 소리쳤었지. 은자 한 냥만 내놓고 가라고."

"조금 이상하네요. 보통 산적은 가진 것 다 내놓으면 목숨을 살려주마. 이렇게 말하는 게 정상 아닌가요?"

"그러니까 재밌는 놈이지. 그저 그런 산적인가 싶어서 그냥 한 대 때려서 기절시키고 지나가려다 흥미가 동했지. 그래서 왜 하필 은자 한 냥이냐고 물었더니 그놈이 이렇게 대답했지."

"뭐라구요?"

"설명하기 귀찮다고."

"……?"

"더구나 내 딴에는 큰맘 먹고 황금 한 냥을 던져 주었는데 오히려 화를 버럭 냈었지. 이딴 것은 필요없다고."

"왜요?"

"낄낄. 황금 한 냥이나 가져가면 채주가 능력있다고 생각하고 더 자주 일을 시킬 거래. 딱 은자 한 냥이 적당하대. 그리고 일하는 것은 죽기보다 싫다고 하더군."

다시 생각해도 재미있는지 무명 노인은 웃음을 터뜨렸다.

"오래간만에 내 호기심을 자극하는 재밌는 놈을 만났는데 그냥 지나칠 수야 있나? 그놈이 다시 던져 주는 황금 한 냥을 품에 집어넣는 대신 무공을 가르쳐 주겠다고 넌지시 제안했지. 그런데 그것도 싫대."

"이유가 뭔데요?"

"귀찮대."

"헐."

"그냥 이렇게 살다가 죽겠다고 그러는데 나도 오기가 생기더라고. 그래서 더 말하지 않고 납치했지."

무명 노인은 무척이나 즐거워 보였다.

그리고 사무진은 히죽거리며 웃고 있는 무명 노인을 보고서 그 후에 어떤 일이 벌어졌는가가 대충 짐작이 갔다.

"반복 학습인가요?"

이미 사무진이 겪었던 지독한 과정을 거치지 않았을까 예상했는데 그 짐작이 빗나가지 않았다.

"낄낄. 매에는 장사 없는 법이지. 그런데 그놈은 지조가 있었어."

"그건 무슨 말이에요?"

"용연창법을 가르친다고 가르쳤는데 나중에 보니 용연창법이라고 부르기도 애매한 창법이 되어버렸지."

"……?"

"뭐랄까? 그놈만의 색깔이 섞였다고 할까? 그놈이 펼치는 것을 보면 꼭 게으른 당나귀가 펼치는 것 같아."

의미를 짐작하기 힘든 그 말을 남기고 무명 노인은 낄낄 웃었다.

그리고 무명 노인은 한마디를 덧붙였다.

물을 뜨러 가는 것이 귀찮다고 갈근산을 씹어먹던 놈은 그놈이 처음이라고.

　어쨌든 사무진이 한 협박은 먹혀들었다.

　달콤한 감언이설에는 시큰둥한 반응을 보이던 육소균의
거대한 뱃살이 움찔하며 흔들리는 것이 보였다.

　"그건 안 돼."

　"그래도 십 년도 넘는 시간 동안 한솥밥을 먹은 동료들이
죽는 것은 무서운가 보네요."

　"그게 아니라……."

　"……?"

　"얘들 없으면 밥해줄 사람이 없어."

　그리고 육소균의 대답을 들은 사무진이 희미한 웃음을 지
었다.

　역시 무명 노인의 말이 맞았다.

　평범한 놈이 아니니 일반인의 기준으로 재단해서는 안 된
다는.

　"두 가지 방법 중에서 택일해요. 여기서 버티다가 흑산채
를 강호에서 지우거나, 우리와 같이 마교로 오거나."

　사무진이 다시 한 번 재촉하자 육소균의 눈빛이 흔들렸
다.

　그리고 육소균이 쉽게 결정을 내리지 못하고 고민에 잠겨
있자, 호굉연이 버럭 소리를 질렀다.

"쓰벌, 너 얼른 따라가!"

"……."

"지금까지 공밥 먹여줬으면 너도 은혜를 알아야지. 설마 은혜를 배신으로 갚는 배은망덕한 짓을 할 생각은 아니지?"

필사적으로 외치는 호굉연을 보고서야 마음이 조금 흔들린 듯 육소균이 느릿느릿 입을 뗐다.

"별로 내키지 않는데……."

그리고 그 말을 들은 호굉연이 혈압이 오르는 듯 뒷덜미를 붙잡을 때, 사무진이 재빨리 제안했다.

"마교로 오면 두 가지를 약속하죠. 첫째는 공밥, 그것도 매 끼마다 일류 요리사가 제공하는 최고급 식단으로."

"……."

"둘째, 내 명령 외에는 다른 누구의 말도 안 들어도 돼요. 그러니까 넓은 방에서 뒹굴거리기만 하면 된다는 뜻이죠."

"호오!"

조금 전에 높은 자리를 준다고 할 때도 시큰둥한 반응이던 육소균이 이번 제안에는 흥미를 느낀 듯 눈빛을 반짝였다.

하지만 육소균도 바보는 아니었다.

"공짜로?"

"응?"

"내가 마교에 가면 뭘 시킬 거지?"

잔뜩 경계하는 목소리로 꺼낸 질문에 사무진이 웃으며 대답했다.

"가끔씩 한 번 나서서 실력을 보여주면 돼요."

"그게 다야?"

"그럼요."

마지막까지 가지고 있는 한꺼풀의 의심까지 풀어주기 위해 사무진이 환하게 웃음을 지으며 대꾸했다.

"그것도 아주 가끔이죠."

"정말이지?"

"물론이죠."

사무진의 확답을 들은 육소균의 마음이 마침내 기울었다.

그런 그가 조금 걱정스런 표정으로 말했다.

"솔직히 말하면 그 영감한테 맞으면서 배웠던 것이 잘 기억이 안 나는데."

"괜찮아요. 썩어도 준치라는 말이 있잖아요."

솔직하게 털어놓는 육소균에게 아무 걱정할 필요 없다며 한마디를 더 던졌다.

"그리고 기억이 안 나면 내가 다시 기억나도록 해줄게요."

하지만 이번 말은 혼잣말을 하듯 중얼거렸기에 육소균은 듣지 못했다.

그제야 안심하고 희미한 웃음을 짓는 그를 향해 사무진이 아무 걱정하지 말라며 손을 내밀었다.

"마교의 교주는 거짓말을 하지 않아요."

"······?"

"그리고 훌륭한 인재에게는 지원을 아끼지 않죠."

그리고 사무진이 내민 손을 육소균이 머뭇거리며 맞잡았다.

荷蒙乳蒸煎業湯細賜其福佑弟子王叔

至大改元四月佛浴道音廣為傳行

日弟子趙孟頫敬書長座前丹

老君演此真妙経竟

共同
傳人
공동전인

"갔다!"

사무진과 일행이 떠나자 흑산채의 채주인 호굉연은 두 팔을 번쩍 들어 올리며 만세를 외쳤다.

졸지에 빼앗긴 황금 스무 냥이 아깝기는 했지만 그래도 마교의 교주와 아미성녀를 만나서 죽지 않은 것만 해도 운이 좋은 것이었다.

"돈이야 또 벌면 되지. 암, 그렇고 말고."

그래서 큰 짐을 내려놓은 표정으로 안도의 한숨을 내쉬던 호굉연은 잠시 뒤 고개를 갸웃했다.

"근데 육가 놈을 왜 저렇게 데려가려는 거지?"

호굉연이 알고 있는 육소균은 천하에 쓸모없는 놈이었다.

그래도 예전에는 게으르기는 했지만 써먹을 만했었는데, 아무 말도 없이 삼 년쯤 어디론가 사라졌다가 다시 나타났을 때는 정신줄을 놓은 것 같았다.

혈영마존이라느니, 용연창법이라느니, 천하제일고수라느니 하는 말도 안 되는 소리를 늘어놓았으니까.

그리고 그사이 대체 무슨 일을 겪었는지는 몰라도 한동안은 밤마다 악몽을 꾸며 비명을 질러대는 것이 짜증이 나서 산채에서 쫓아내려 했었다.

하지만 호굉연은 녹림칠십이채 중에서도 비교적 규모가 큰 흑산채를 이끄는 산적 두목답지 않게 마음이 약했다.

정신줄을 반쯤 놓은 것처럼 보이는 육소균을 차마 내치지 못하고 지금까지 거두어서 공밥을 먹이고 있었다.

"네 생각은 어때?"

아무래도 이상하다는 생각이 들어서 호굉연이 곁에 있던 마봉결을 바라보았다.

그리고 흑산채에서 가장 머리가 좋고 먹물을 많이 먹어서 은연중에 군사 역할을 하던 마봉결은 잠시 고민하다 침을 꿀꺽 삼켰다.

"혹시……."

"혹시 뭐?"

"지금까지 본신 실력을 감추고 있었던 대단한 고수가 아니었을까요?"

"육가가 대단한 고수다? 그 비대한 몸집을 봐라. 혼자 걸어다
니는 것도 버거워하는 놈이 고수라는 게 말이 된다고 생각해?"

호굉연의 말을 듣고 마봉결이 고개를 주억거렸다.

그리고 다시 고민에 잠겼던 그는 잠시 뒤 다른 의견을 개진
했다.

"마교가 어려워서가 아닐까요?"

"……?"

"그러니까 새로 재건한 마교는 예전의 성세를 전혀 회복하
지 못했다고 하는 소문이 있잖습니까? 그래서 닥치는 대로 아
무나 데리고 가는 것이 아닐까요?"

"네가 마교의 교주라면 나를 데려갈래? 아니면 제대로 움
직이지도 못하는 육가를 데려갈래?"

"당연히 채주님이죠."

"그런데 왜 마교의 교주라는 놈은 기어이 육가를 데려갔냐
는 소리잖아."

퍽.

기어이 뒤통수를 한 대 얻어맞고는 입이 한 자나 나온 마봉
결이 대꾸했다.

"마교의 교주라는 놈이 제정신이 아닌 게 아닐까요? 그리
고 뭐 그게 상관이 있습니까? 쓸모도 없는 육가 놈을 해결했
으니 저희로서는 좋은… 흡."

그리고 불퉁한 표정으로 말하던 마봉결이 도중에 입을 다물고 기겁한 표정을 지었다.

스슷. 스슷.

흑색 피풍의로 전신을 감싼 귀신같은 자들이 모습을 드러냈다.

분명히 아무런 기척도 느끼지 못했는데 갑자기 모습을 드러낸 이들에게서는 냉기가 풀풀 날리고 있었다.

흑산채의 산적들의 수는 대략 이백.

그리고 지금 나타난 정체불명의 인물들의 수는 고작 스물.

이백이나 되는 흑산채의 산적들이 고작 스물에 불과한 정체불명의 인물들에게 포위를 당했다는 것은 우스운 소리였다.

하지만 지금 그 우스운 소리가 마치 현실이 된 것만 같았다.

흑색 피풍의를 입은 사내들에게서 흘러나오고 있는 무형의 살기.

그 무형의 살기는 마치 강력한 거미줄처럼 흑산채의 산적들을 칭칭 옭아매고 있는 듯한 느낌을 주고 있었다.

"어… 어떤 놈들이냐?"

그들의 등장을 눈치챈 호굉연이 소리를 질렀다. 나름대로는 호기롭게 외치려고 한 듯 보였지만 다가오고 있는 섬뜩한 살기로 인해 위축된 듯 목소리가 떨리고 있었다.

"마교!"

호굉연의 말이 떨어지게 무섭게 나직한 대답이 돌아왔다.

그리고 '마교'라는 대답을 듣자마자 호굉연의 머릿속이 복잡해졌다.

조금 전에 마교의 교주를 만났었다.

그런데 불과 일각도 지나지 않아서 다시 마교의 인물들을 만나다니.

뭔가 이상하다는 생각과 함께 필사적으로 머리를 굴리고 있던 호굉연의 생각은 유령 같은 신법을 펼쳐 앞으로 다가오는 자로 인해 멈추었다.

"조금 전에 마교의 교주님이 다녀갔……."

그리고 무심코 말하던 호굉연은 목덜미에 서늘함을 느끼고 급히 입을 다물었다.

"왜?"

"그자는 마교의 교주가 아니다."

"하지만 분명……."

"마교의 교주를 사칭하는 사기꾼일 뿐이지."

한기가 풀풀 날리는 나직한 목소리를 듣고서 호굉연이 목덜미에 가져다 대고 있는 검신에 다치지 않도록 조심하며 고개를 끄덕였다.

그리고 대체 뭐가 어떻게 돌아가는지를 파악하기 위해 눈알을 굴릴 때, 나직한 목소리가 다시 흘러나왔다.

"그자가 데려간 자에 대해서 말하라."

'또 육가 이야기야?'

마교의 교주가 데려간 자는 육소균뿐이었다.

속으로 구시렁대면서도 호굉연은 솔직하게 답했다.

"한마디로 쓸데없는 자였습니다."

"확실한가? 만약 사실과 틀리다면 너는 이 자리에서 죽는다."

"제가 왜 거짓말을 하겠습니까? 그렇지 않아도 왜 하필 육가 놈을 데려갔을까 하고 고민하고 있었습니다."

스산한 목소리를 내뱉는 사내의 검병을 쥔 손등에 힘줄이 불거지는 것을 확인한 호굉연이 절박하게 소리쳤다.

그리고 다행히 사내는 호굉연의 목소리에 담긴 진심을 읽은 듯했다.

스윽.

호굉연의 눈을 바라보던 사내가 고개를 돌려 흑산채의 산적들을 훑어보았다.

잠시 고민하던 사내는 호굉연의 목덜미에 닿아 있던 검을 내렸다.

"계속 추적한다!"

그 명령이 떨어지자 흑색 피풍의를 입은 사내들은 빠르게 자취를 감추었다.

나타날 때와 마찬가지로 기척도 없이 그들이 자취를 감추자 그제야 호굉연은 목덜미를 어루만지며 한숨을 내쉬었다.

"대체 어디가 진짜 마교야?"

"아무래도 나중에 나타난 놈들이 마교 같습니다. 살기가 장난이 아니던데요."

"아 몰라. 쓰벌."

신경질적으로 소리를 지른 호굉연이 가래침을 뱉었다.

"퉤엣, 여기 소금 뿌려. 요즘은 개나 소나 다 마교라고 지랄이야."

휑하고 고개를 돌리는 호굉연은 여전히 알지 못했다.

조금 전 사내가 마음만 먹었다면 오늘부로 녹림칠십이채는 녹림칠십일채로 바뀔 뻔했다는 사실을.

그리고 육소균이 조금 전 나타났던 흑의 피풍의를 입은 사내들을 단신으로 쓸어버릴 수 있는 고수라는 사실도.

*　　　　*　　　　*

쿵. 쿵. 쿵.

거대한 몸집의 육소균이 느릿하게 한 걸음씩 내딛을 때마다 지축이 울리는 듯 요란한 소리가 울려 퍼졌다.

곁에서 함께 걷고 있는 사람들은 답답할 정도로 느린 속도였지만, 나름대로는 최선을 다 하고 있는 듯 넓은 이마에는 굵은 땀방울이 매달려 있었다.

그렇게 꼬박 반 시진 동안 걸어서 온 거리는 채 일 리가 되지 않았다.

그리고 산길을 갓 벗어나서 조금 너른 공터에 도달하자 멈추어 선 육소균이 이마에 맺힌 땀을 닦은 뒤 입을 열었다.

"좀 쉬었다가 가지."

지친 기색이 완연한 그의 얼굴을 물끄러미 바라보던 사무진이 한숨을 내쉬었다.

"벌써 힘들어요?"

끄덕.

지체하지 않고 고개를 끄덕인 육소균이 진지한 목소리로 물었다.

"마교까지는 아직 멀었나?"

"그렇게 많이 남지는 않았어요."

"그래?"

"아마 지금 우리가 움직이는 속도라면 내년 이맘때쯤에는 도착할 수 있을 것 같네요."

"급한 일도 없잖아."

어느새 바닥에 주저앉고 있는 육소균은 움직이는 속도 못지않게 성격도 느긋했다.

그리고 그 대답을 듣고 어이없는 표정을 짓던 사무진은 바닥에 드러누우려는 육소균의 멱살을 잡고 일으켜 세웠다.

"왜 이래?"

"실력을 보여줘요."

"누구한테?"

"우리를 따라오고 있는 자들한테요."

최대한 기척을 드러내지 않기 위해 애쓰고 있었지만 사무진은 스무 명이나 되는 자들이 은밀히 따르고 있다는 것을 놓칠 정도로 멍청하지는 않았다.

그리고 그것은 이 자리에 있는 모두가 마찬가지였다.

"귀찮아."

하지만 육소균은 별로 움직일 생각이 없어 보였다.

사무진이 움켜쥐고 있던 멱살을 놓아주자 어느새 바닥에 주저앉은 것으로 모자라 바닥에 드러누워 버렸다.

그리고 아예 두 눈까지 감아버리자 장하일이 나섰다.

"다 죽일까?"

천살성의 기운을 타고난 자는 확실히 달랐다.

무명 노인과 소림사의 장문인이 했던 걱정은 헛된 것이 아니었다.

"조금만 참을래요?"

"왜?"

"우리 육소균 장로가 펼치는 용연창법이 보고 싶거든요."

육소균이 슬그머니 실눈을 떴다.

아무래도 자신의 이름 뒤에 붙은 장로라는 직책이 신경 쓰이는지 입매를 실룩이던 그는 다시 눈을 감아버렸다.

"역시 귀찮아."

등에 매달고 있던 거대한 창을 배게 삼아 잠든 척하고 있는 육소균의 곁으로 다가간 사무진이 쭈그려 앉았다.

"배고프지 않아요?"

그리고 귓가에 대고 속삭이자마자 육소균이 눈을 번쩍 떴다.

사무진이 마교의 교주라는 정체를 밝혔을 때보다도 훨씬 크게 눈을 뜬 그가 입을 뗐다.

"밥 먹자."

"그럴까요? 근데 여기는 아무리 둘러봐도 객잔이 없으니 산에 들어가서 토끼라도 한 마리 잡아와서 껍질도 벗기고 모닥불도 지펴서 구워야 할 것 같은데요."

"하면 되잖아."

"난 마교의 교주잖아요."

"……?"

"흑산채의 채주가 밥하는 것 봤어요?"

알아듣기 쉽도록 비유까지 들어주자 그제야 이해한 듯 육소균이 고개를 끄덕였다.

"그럼 저 노파가 하면 되겠네."

하지만 육소균은 여전히 움직일 생각을 하지 않고 이번에는 아미성녀 쪽으로 시선을 던지고 있었다.

"노인 공경 몰라요?"

"……?"

"올해로 세수가 아흔하나세요."

"안 되겠군."

육소균도 최소한의 예의는 알고 있었다.

그런 그의 시선이 마지막으로 향한 것은 장하일이었다.

"저 중이 하면 되잖아."

"우리 장하일 장로께서는 바빠요."

"왜?"

"저자들을 상대해야 하니까요."

육소균의 얼굴에 망설이는 기색이 떠올랐다.

그리고 잠시 후, 마침내 결심을 굳히고 몸을 일으켰다.

"아무래도 이게 더 간단할 것 같아."

베개 대용으로 베고 있던 창을 움켜쥔 육소균이 육중한 몸을 이끌고 앞으로 나섰다.

"다 죽이면 돼?"

"한 명만 빼고."

"알았다."

시원스레 대답한 육소균이 창을 허공으로 내밀었다.

"에잇, 귀찮아 죽겠네."

기합을 터뜨리는 대신 불평을 늘어놓는 육소균이 내지른

창두가 느릿하게 움직이기 시작했다.

"저게 뭐야?"

슉. 슉. 슉.

사무진의 눈에 실망감이 스치고 지나갔다.

육소균이 투덜거리면서도 자신있게 앞으로 나서서 창을 허공으로 내밀 때만 해도 뭔가를 기대했다.

'거칠게 포효하는 황룡이 나오지 않을까?'

하지만 눈을 빛내며 뚫어져라 바라보았지만 황룡은커녕 이무기도 나오지 않았다.

느릿하게 창을 이동시키면서 미세한 바람 소리가 날 정도로 창두를 한 번씩 앞으로 내지르고 있는 것이 다였다.

"큭."

"크윽."

시간이 오래 흘러 무명 노인에게 배운 용연창법을 완전히 잊어버린 것이 아닐까 하는 생각까지 들 때, 사무진의 귓가로 비명 소리가 들려왔다.

'뭐지?'

그 비명 소리를 듣고 사무진이 의아한 표정을 지을 때, 지금까지 은밀하게 기척을 감추고 있던 추적자들이 모습을 드러냈다.

흑색 피풍의로 전신을 감싸고 있는 추적자들의 수는 모두 열둘.

원래의 숫자에서 거의 반으로 줄어든 것이었다.

'설마 용린격공?'

그리고 그들의 숫자가 줄어든 것이 조금 전 허공에 아무렇게나 창을 찔러댄 공격 때문이라는 사실을 깨닫고서 사무진의 머릿속으로 용연창법의 초식 중 하나인 용린격공이 떠올랐다.

용연창법 세 번째 초식인 용린격공(龍燐擊攻)!

사무진이 무명 노인에게서 전수받은 용린격공은 다수의 적을 상대할 때 유용한 초식으로 강기의 편린을 뿌리는 것이었다.

허공을 격하고 상대에게 타격을 입히는 초식.

지금 육소균이 펼친 것과는 전혀 다른 형태의 초식이었지만 허공을 격하고 상대를 격살시켰다는 것을 보고 사무진은 용린격공을 떠올릴 수밖에 없었다.

그러나 사무진의 생각은 거기서 멈추었다.

아직 상황은 끝나지 않았다.

동료들의 허무한 죽음 때문일까?

흑색 피풍의를 입은 자들의 기세가 순간적으로 강해지며 느릿하게 창을 거두어들이고 있는 육소균을 향해 동시에 달려들었다.

검신에서 뿜어지는 서늘한 청광!

태양빛을 받아 눈을 시리게 만드는 검광에 가려 육소균의 육중한 신형이 사라졌다.

"용형비산(龍形飛散)!"

육소균의 팔방을 점하고 파고드는 검신을 확인하자마자 사무진의 머릿속에 떠오른 초식은 용형비산이었다.

거센 용틀임과 함께 사방으로 거센 화염을 뿜어내는 용형비산은 분명 지금의 위험한 상황을 타개하는 최선의 초식이었다.

하지만 육소균의 움직임은 느려도 너무 느렸다.

용형비산을 펼치기도 전에 다가오는 검신에 난도질당할 것만 같았다.

"위험해!"

자신도 모르는 사이 소리를 지르는 사무진의 눈에 마지막 순간, 육소균이 한 걸음을 내딛는 것이 보였다.

"어라?"

좌로 움직인 일보!

실로 절묘한 순간에 내딛은 일보였다.

그 일보로 인해 다가오는 검들의 방향이 일제히 바뀌었다.

하지만 그 한 걸음으로도 다가오고 있던 모든 검들을 피해 내기는 무리였다.

두 개의 검신이 육소균의 옆구리와 허벅지를 향해 파고들었다.

"절묘한 일보. 하지만 피할 수 없다!"

아미성녀도 같은 생각일까?

진중하게 상황을 주시하고 있던 아미성녀가 안타까운 한 마디를 던지고 있었다.

귓가로 들리는 그 목소리를 들으며 사무진은 오른손을 뒤로 뻗어 역린검의 검병을 움켜쥐고 있었다.

그리고 육소균을 돕기 위해 달려나가던 사무진이 흠칫하며 멈추어 섰다.

그극.

그그극.

어김없이 육소균의 옆구리와 허벅지를 베고 지나가는 검신.

그러나 들려오는 소리가 이상했다.

인간의 육신이 날카로운 검신에 베어지며 만들어지는 섬뜩한 파열음이 아니라, 쇳덩이끼리 부딪치는 거친 마찰음이었다.

그리고 사무진은 이 소리가 익숙했다.

얼마 전 고루신마가 이끌고 왔던 도검불침의 강시의 몸뚱이를 검으로 베었을 때도 지금과 흡사한 소리가 들렸었다.

믿을 수 없게도 육소균은 멀쩡했다.

두 자루의 검신이 옆구리와 허벅지를 스치고 지나갔지만

피가 흘러나오는 대신 허름한 옷자락이 베어진 것이 다였다.

씨익.

그리고 고통에 찬 표정을 짓는 대신 장난기 어린 웃음을 짓고 있던 육소균이 창을 앞으로 내밀었다.

쿠어어억.

육소균이 창을 내밀자마자 기이한 소성이 장내에 흘러나왔다.

잔뜩 화가 난 용이 울부짖는 것 같은 그 소성을 듣고서 사무진이 얼굴을 찡그렸다.

육소균의 창이 만들어내는 기이한 소성에는 내부를 진탕시키기에 충분한 힘이 실려 있었다.

'용음진세(龍音振世)!'

마기를 끌어올려 내부를 보호하면서 사무진은 진심으로 감탄했다.

지금 육소균이 펼친 것은 용음진세라는 초식.

사무진도 무명 노인에게 배운 기억이 났다.

하지만 무명 노인에게 용연창법 중 유일한 음공이라고 들었지만 크게 신경을 쓰지 않았던 초식이었다.

당시만 해도 단순히 상대의 기세를 빼앗는 의미가 다인, 실질적인 위력보다는 괜히 멋을 내는 초식이라고 생각했다.

그래서 용음진세라는 초식이 이렇게 사용될 것은 꿈에도

몰랐다.

"큭."

"크헉."

"크으흑."

흑색 피풍의로 전신을 감싸고 육소균에게 공격을 퍼붓고 있던 자들이 거의 동시에 비명을 흘렸다.

그리고 내상을 입은 듯 신형을 비틀거리고 있는 그들을 향해 육소균은 장난스런 웃음을 거두지 않고 창을 내질렀다.

푹. 푸욱.

너무 쉬웠다.

마치 움직이지 못하는 물고기들에게 작살을 꽂아 넣듯이 육소균이 내지른 창은 그들의 가슴을 꿰뚫고 빠져나오기를 반복했다.

그리고 육소균의 창이 멈추었을 때, 장내에 남아 있는 자는 단 한 명뿐이었다.

입가에 검붉은 피를 게워낸 흔적을 남긴 채 주춤주춤 뒤로 물러나고 있는 적을 남겨둔 채 육소균은 시신들이 즐비한 바닥에 주저앉으며 말했다.

"밥 줘."

모두 스무 명이나 되는 적들과 맞서 싸우면서 육소균이 움직인 것은 단 일보였다.

처음의 위치에서 좌로 일보를 뗀 것이 다였다.

"뭐랄까? 용연창법에 그놈만의 색깔이 섞였다고 할까? 그놈이 펼치는 것을 보면 꼭 게으른 당나귀가 펼치는 것 같아."

그리고 그제야 사무진은 무명 노인이 했던 말의 진의를 깨달았다.

몸을 움직이는 것을 극도로 귀찮아하는 육소균은 자신의 방식대로 용연창법을 변형해서 사용하고 있었다.

용연창법의 기본은 끊임없는 연환공격으로 상대를 거칠게 몰아붙이는 것!

그런 만큼 용연창법을 창시했던 무명 노인조차도 크게 중요하게 생각지 않았던 두 초식이 용음진세와 용린격공이었다.

하지만 육소균은 색다른 방식으로 용연창법에 접근했다.

느릿하기 그지없는 그의 움직임은 분명 격렬하기 그지없는 용연창법과 어울리지 않았지만 그는 무명 노인과 사무진이 모두 경시했던 두 가지 초식에 몰두했다.

아마도 움직이는 것을 극도로 싫어하는 육소균의 천성이 이런 식의 접근을 가능하게 만들었을 것이 틀림없다.

시체들이 즐비한 바닥에 아무렇게나 드러누워서 밥 달라고 소리치고 있는 육소균을 향해 사무진이 다가갔다.

"혹시 강시예요?"

"강시가 될 뻔했었지."

"……?"

"강시가 되면 밥을 안 먹어도 배가 고프지 않다고 하기에 한참을 고민했었지. 그런데 포기했어."

"왜요?"

"강시가 되면 잠을 잘 수가 없다고 해서."

나른한 목소리로 대꾸하는 육소균.

"그런데 강시도 아니면서 어떻게 칼에 맞았는데 멀쩡할 수가 있어요?"

사무진이 어이없다는 표정으로 바라보며 던진 질문에 육소균은 별것 아니라는 듯이 대답했다.

"피하려고 움직이는 것이 귀찮더라고. 그래서 날 못살게 굴던 영감에게 부탁했지. 몸뚱이가 단단해지는 무공은 없냐고. 그랬더니 하나 가르쳐 주더라고."

"그래요?"

"이름이 철포삼이라고 그랬던 것 같은데. 하여간 처음 익힐 때는 좀 힘들었는데 지금은 아주 편리해. 그보다 밥 안 줘?"

피하기 위해 보법을 펼치는 것이 귀찮아서 몸뚱아리가 쇠처럼 단단해지는 무공을 익혔다니.

역시 보통 사람과는 생각하는 것부터가 달랐다. 어쨌든 육소균의 이야기는 이번에도 밥 타령으로 끝났다.

그리고 대꾸하는 것조차 귀찮다는 표정이 역력했지만 사무진은 아직 묻고 싶은 것이 남아 있었다.

"그럼 혹시 금강불괴예요?"

"그건 아니고 조문이 있지."

"조문이 뭔데요?"

"다른 곳은 칼도 들어오지 않을 만큼 단단해지지만 딱 한 군데만 갓난아기의 살처럼 야들야들하게 변해서 건드리기만 해도 죽어."

"거기가 어딘 데요?"

"그건 비밀이야."

"그러니까 더 궁금한데요."

"그래도 가르쳐 줄 수 없어. 그리고 설령 알게 되더라도 쉽게 당하지 않아. 철저히 대비하고 있거든."

육소균도 완전히 바보는 아니었다.

자신의 치명적인 약점까지는 말하지 않는 걸로 봐서.

그렇지만 사무진은 육소균의 조문이 어디인지 금세 알아냈다.

"발바닥이죠?"

"……!"

그의 귓가에 대고 사무진이 속삭이자 움찔하는 기색이 느껴졌다.

그리고 고개를 갸웃거리면서 육소균이 되물었다.

"어떻게 알았지?"

"마교의 교주는 모르는 것이 없어요."

사실 눈치채지 못하는 것이 더 어려웠다.

육소균은 딱 봐도 튼튼해 보이는 철신을 신고 있었으니까.

어쨌든 한 가지는 확실했다.

걸어다니는 것조차도 귀찮아하는 자였지만 지금의 마교에 있어 무엇보다 필요한 인재라는 점은.

"마교에 들어온 기념으로 신발 하나 사줄게요."

흡사 귀신을 본 사람마냥 잔뜩 긴장하고 있는 육소균에게 웃으며 한마디를 던진 사무진은 아직도 반쯤 넋이 나가 있는 유일한 생존자에게 다가갔다.

"이것참, 눈앞이 깜깜하죠? 동료들은 눈 깜짝할 사이에 다 죽어버리고 덩그러니 혼자 남겨졌으니. 어금니에 숨겨놓은 독단이라도 깨물고 죽으려고 했는데 마혈을 제압당해서 그조차도 쉽지 않고, 그렇다고 순순히 정체를 털어놓자니 후환이 두렵고. 차라리 죽는 편이 나았겠다고 생각하겠네요."

"……."

"그래도 너무 심란해하지 말아요. 까짓 것 죽기밖에 더하겠어요? 순순히 털어놓으면 살려줄게요."

"⋯⋯?"

"누가 보냈어요?"

"⋯⋯."

"말 안 할 거예요?"

"⋯⋯."

"순순히 입을 열 생각이 없다면 다른 방법을 써야겠네요. 혹시 마혼심령침투대법이라고 알아요?"

"⋯⋯."

"모르나 보네. 그럼 내가 간단하게 설명해 줄게요. 내가 눈을 세모로 뜨고 노려보면 마혼이 그쪽 머릿속으로 침투해요. 그리고 내가 침투시킨 마혼은 그쪽 머릿속을 헤집고 다니면서 내가 알고 싶은 것을 모두 빼내서 오지요. 어때요? 간단하죠? 근데 이 좋은 대법이 왜 마공이라고 불리는 줄 모르겠어요. 물론 부작용이 조금 있기는 하지만 그렇게 심하지도 않거든요. 기껏해야 그쪽이 백치가 되는 것이 전부인데."

"⋯⋯."

"아, 아직 대법을 시작하지 않았으니 너무 겁먹지 말아요. 나이도 먹을 만큼 먹었는데 오줌이라도 지리면 서로 민망하잖아요."

사무진이 히죽 웃었다.

마혼심령침투대법이라는 것이 있을 리가 없었다.

지금 막 아무렇게나 꺼낸 이름이었으니까.

아니, 설령 그 비슷한 무공이 있다 해도 사무진이 그런 것을 알 리가 없었다.

안색이 창백하게 질린 것으로 모자라 금방이라도 오줌을 지릴 것 같은 표정을 짓고 있는 사내를 바라보던 사무진이 넌지시 입을 뗐다.

"천중악이 보냈죠?"

"……!"

"그렇게 놀라지 말아요. 마교의 교주는 모르는 게 없으니까."

사실 천중악이 보냈다는 것을 알아내는 것이 그렇게 어려운 일도 아니었다.

찜통 더위까지는 아니더라도 무척 무더운 날씨였다.

이렇게 더운 날에 두 눈만 드러날 정도로 전신을 흑색 피풍의로 감싸고 있는 것만 봐도 대충은 짐작이 갔다.

어지간히 흑색 피풍의를 좋아하는 단체가 아니고서는 이런 무더운 날씨에 입고 다닐 리가 없었다.

사무진이 알고 있는 지식 속에서 흑색 피풍의를 가장 좋아하는 단체는 예전의 마교뿐이었다.

어쨌든 놀라서 가뜩이나 창백하던 사내의 안색이 백지장처럼 변하는 것을 보고서 사무진은 자신의 예상이 틀리지 않다는 것을 깨달았다.

그리고 사무진이 이 사내에게서 알고 싶어한 것은 그게 다였다.

사실 육소균에게 한 명을 살려두라고 부탁한 이유는 천중악에게 전하고 싶은 말이 있어서였다.

"미행이나 붙이다니 어지간히 궁금한 게 많았나 보네요. 돌아가면 전해요. 다음에는 비겁하게 이러지 말고 직접 찾아오라고."

"……."

"이 강호에 두 개의 마교가 존재할 수는 없으니까요. 그러니까 기다린다고 전해요."

사무진이 그 말을 끝으로 제압했던 사내의 마혈을 풀어주었다.

그리고 더 이상 신경 쓰지 않고 등을 돌렸지만 정작 마혈이 풀린 사내는 움직이지 못하고 우두커니 서 있었다.

"정말 살려주는 거요?"

"속고만 살았어요?"

"하지만……."

망설이는 사내에게 사무진은 더 이상 신경 쓰지 않았다.

그리고 복잡한 눈빛으로 사무진의 등을 바라보던 사내는 한참의 시간이 흐른 후에야 조용히 장내를 벗어났다.

결국 식사는 장하일이 준비했다.

"내가 다녀오지!"

싫은 기색도 없이 순순히 한마디를 남긴 장하일은 숲 속으로 들어섰다.

그러나 토끼나 한 마리 잡아올 것이라 예상했던 장하일은 반 시진이 흘렀음에도 돌아오지 않았다.

"날 굶겨 죽이려는 거야."

"설마요."

"틀림없어."

"한 끼 굶는다고 죽을 것 같지는 않은데."

"모르는 소리야. 건강해 보이지만 내가 몸이 약해."

육소균이 쉬지 않고 늘어놓는 말도 안 되는 불평을 들으며 사무진이 머리를 긁적일 때, 마침내 장하일이 돌아왔다.

그리고 돌아온 장하일의 모습을 장관이었다.

양어깨에는 멧돼지가 한 마리씩 얹혀 있었고, 양손에는 토끼 다섯 마리와 오소리 세 마리, 그리고 허리에 매달린 끈을 따라 시선을 옮기자 거대한 곰 한 마리가 바닥에 질질 끌려오고 있었다.

"이게 다 뭐예요?"

"시간이 없어서 빨리 돌아왔다. 더 죽일 수 있었는데……."

아쉬운 듯 입맛을 다시고 있는 장하일의 눈은 아직도 붉게 충혈되어 있었다.

아무래도 산 속 짐승들을 죽이며 쌓여 있던 살기를 조금이나마 해소한 것 같았다.

"이걸 누가 다 먹어요?"

"내가 다 먹는다. 걱정하지 마라."

어이없는 표정으로 사무진이 던진 말이 끝나기 무섭게 이번에는 육소균이 대꾸했다.

그리고 육소균은 자신의 말을 지켰다.

비대한 체구는 그냥 유지되는 것이 아니었다. 마지막으로 토끼 다리뼈에 붙어 있는 살점까지 뜯어먹고서도 아직 아쉬운 표정을 짓는 것을 보니 마교의 재정이 걱정될 정도였다.

불쑥.

그때, 불이 꺼진 모닥불 사이로 두더지 한 마리가 머리를 내밀었다.

"내가 죽일까?"

"후식인가?"

그 두더지를 보자마자 장하일의 눈에는 살기가 번뜩였고 육소균은 기다렸다는 듯이 쩝쩝 입맛을 다시기 시작했다.

그리고 그 둘을 한심하게 바라보던 사무진이 먼저 나섰다.

"좀 이상한데요. 두더지가 금색이잖아요?"

"금색 두더지라고 해서 죽지 않는 것은 아니다."

"더 맛있을지도 몰라."

홍분하지 말라고 사무진이 입을 뗐지만 이미 두 사람은 눈이 돌아가 있었다.

그리고 장하일이 더 기다리지 못하고 손을 휘둘렀지만, 금색 두더지는 영리하게 땅속으로 몸을 숨겼다.

헛손질을 한 장하일이 어이가 없다는 표정을 지을 때, 다시 머리를 내밀고 눈치를 살피던 금색 두더지는 재빨리 사무진에게로 뛰어올랐다.

"뭐가 달려 있네요."

금색 두더지의 목에 뭔가가 묶여 있는 것을 확인한 사무진이 눈을 빛냈다.

자그마한 호리병 속에 담겨 있는 것은 서찰이었다.

놀랐나?

혹시 해서 하는 말인데 죽이지는 말게.

그 금두더지는 영물로서 냄새를 맡고 그 냄새의 주인을 찾아가는데는 기가 막힌 능력을 보여주지.

한 마리에 무려 황금 열 냥이나 한다네.

새롭게 구축하는 마교의 연락 체계의 핵심이라고 할 수 있지.

굳이 표현하자면 전서겸(轉書謙)이라고 할까?

어쨌든 중요한 것은 이게 아니지.

대체 지금 어디 있나.

마교가 위기에 처했네.

정보에 의하면 사도맹이 움직이기 시작했는데 보통 자들이
아니네.

생사판 염혼경뿐만 아니라 무려 사도맹 서열 오위에 올라 있
는 구유신도 종리원도 함께라고 하네.

물론 마도삼기가 있지만 역부족이라는 느낌이 드네.

그러니 최대한 빨리 돌아오게.

자네가 늦는다면 어쩌면 마교는 빛 한 번 보지 못하고 끝날지
도 모른다네.

서찰에서 눈을 뗀 사무진이 아미성녀에게 질문을 던졌
다.

"구유신도 종리원이라고 알아요?"

"알고 있다!"

"강해요?"

"물론 강하다."

"마도삼기와 싸우면 누가 이길까요?"

"백중세가 예상되지만 종리원의 손을 들어주고 싶구나."

아미성녀의 대답을 들은 사무진이 답답한 표정을 지었
다.

예상보다 훨씬 더 대단한 고수가 온 셈이었다.

종리원 혼자만 해도 마도삼기와 백중세인 상황인데 염혼 경도 함께였다.

홍연민의 우려는 틀리지 않았다.

만약 사무진 일행이 도착하는 것이 늦는다면 마교는 개파식만 하고 빛도 보기 전에 망할 것이 틀림없었다.

"안아줘요."

"지금?"

대뜸 던지는 사무진의 말을 듣자마자 아미성녀가 몸을 배배 꼬며 얼굴을 붉혔다.

하지만 지금 사무진에게는 그것을 탓할 여유도 없었다.

"최대한 빨리 마교로 돌아가요."

사무진의 정색한 얼굴을 보고 아미성녀도 얼굴을 굳혔다.

"무슨 일이냐?"

아미성녀가 질문을 던졌지만 사무진에게는 대답할 여유도 없었다.

"일단 업어요."

"누구를?"

"늦으면 마교가 망해요."

뭔가 이상함을 느낀 듯 얼굴을 굳히고 있는 장하일이 입을 벌렸다.

자신에 비해 체구가 세 배나 큰 육소균을 업으라니.

하지만 선택의 여지가 없었다.

이미 사무진은 아미성녀의 품에 안긴 채 멀어지고 있었다.

"혹시 경공을 배운 적은 없는가?"

"귀찮아서 보법도 안 배웠는데, 경공은 무슨."

"아미타불, 별수없군. 업히게."

장하일이 답답한 표정으로 불호를 외웠다.

"아미타불이 아니라 앞으로는 천마불사라고 하라니까요."

그리고 아미성녀의 품에 안긴 채 멀찍이 앞서 나가던 사무진의 외침을 들으며 장하일은 육소균을 등에 업은 채 경공을 펼치기 시작했다.

*   *   *

"오는군."

장경이 살짝 죽립을 들어 올렸다.

그리고 죽립 아래 드러난 장경의 얼굴이 굳어졌다.

모습을 드러낸 사도맹 무인들의 수는 얼핏 보아도 일백에 가까웠다.

하지만 장경의 시선은 선두에 선 두 명의 노인들에게만 고정되어 있었다.

생사판 염혼경.

그리고 구유신도 종리원.

"구유신도가 올 것이라고는 생각지 못했군."

염혼경과 함께 찾아온 자가 사도맹 서열 오위에 올라 있는 구유신도 종리원이라는 것을 확인하자 긴장하지 않을 수 없었다.

"생각보다 훨씬 거물이 나타났군."

"문지기를 벗어나는 것이 쉽지 않겠어."

두 명의 절대 고수를 마주하고서 마도삼기의 얼굴에서는 웃음기가 사라졌다.

그리고 잔뜩 긴장한 표정을 짓고 있는 마도삼기와 달리 염혼경과 종리원의 얼굴에는 긴장의 빛을 찾아볼 수 없었다.

다만 조금 의외라는 표정이 떠올라 있었다.

"소문이 사실이었군. 마도삼기 정도 되는 고수가 마교의 문지기 역할을 한다니 꽤나 재밌군."

"이름값도 못하는 놈들이지."

슬쩍 흥미를 드러내는 염혼경과 달리 냉막한 표정의 종리원은 코웃음을 쳤다.

마도삼기 따위는 안중에도 없다는 오만한 눈빛!

"당장 사무진이라는 놈을 나오라고 해라."

명령하듯 짤막하게 한마디를 내뱉는 종리원을 바라보던

마도삼기의 표정이 슬그머니 구겨졌다.

"교주님은 무척 바쁘신 분이지."

"사도맹주 정도는 되어야 교주님을 만날 자격이 있지."

"노구를 이끌고 먼 길을 행차했는데 헛수고가 되었으니 어떡하나?"

비록 염혼경과 종리원의 명성이 워낙에 크기에 긴장한 것은 사실이지만 마도삼기의 명성과 실력도 크게 떨어지지는 않았다. 그래서 피식 웃으며 한마디씩을 던지는 마도삼기를 바라보던 종리원의 눈빛이 차갑게 가라앉았다.

"겁이 없군. 다 죽여야만 길을 열겠다는 뜻인가?"

"그게 가능할까?"

"두고 보면 알겠지."

장경의 말이 끝나기 무섭게 종리원의 주름진 손이 허리에 걸려 있던 도병에 닿았다.

스르릉.

서늘한 도명과 함께 도갑에서 빠져나오는 묵빛 도신!

단지 도갑에서 도를 빼낸 것에 불과했지만 종리원의 기세는 일변했다.

그리고 그의 도에서 흘러나오고 있는 기세는 독특했다.

음습하면서도 패도적인 무형의 기운이 흘러나와 마도삼기를 압박하기 시작했다.

"흐음!"

예상보다 훨씬 더 강한 종리원의 기세를 느낀 장경이 가볍게 탄성을 흘리며, 본능적으로 도병으로 손을 가져가며 고개를 돌렸다.

부딪치는 시선.

장경은 아무 말도 하지 않고 그저 바라본 것이 다였지만 이미 수십 년간 함께해 온 윤극과 제원상은 그 눈빛에 담긴 의미를 금세 알아챘다.

자신이 염혼경을 상대할 테니 윤극과 제원상에게 종리원을 상대하라는 의미를 담은 장경의 눈빛!

그리고 그 눈빛을 마주한 윤극과 제원상이 침음성을 흘렸다.

분명 역부족이라고 할 수 있었지만 마땅한 대안이 없었다.

그래서 마도삼기가 굳은 표정으로 고개를 끄덕일 때였다.

끼이익.

굳게 닫혀 있던 마교의 정문이 반쯤 열렸다.

그리고 그 문틈으로 고개를 내민 것은 심 노인이었다.

홍연민이 혀를 내밀어 갈라진 입술을 훑었다.

담장 너머로 고개를 내밀고 바깥의 상황을 살피다 보니 속이 바싹바싹 타 들어가는 느낌이었다.

그리고 그것은 심 노인도 마찬가지인 듯했다.

초조한 듯 손톱을 깨물고 있는 심 노인을 향해 고개를 돌린 홍연민이 마침내 결심을 굳히고 입을 열었다.

"나가시죠?"

"응?"

"교주님이 안 계신 지금 상황에서 마교의 가장 높으신 분이 문지기에 불과한 마도삼기에게 모두 맡겨놓고 나 몰라라 하실 겁니까?"

송곳처럼 예리한 지적에 심 노인이 움찔하는 것이 보였다.

그리고 가뜩이나 창백하던 안색이 마치 시체처럼 하얗게 질리는 것을 보니 미안한 마음이 들었다.

하지만 지금의 상황은 위급했다.

마도삼기에게 맡겨놓기에는 나타난 적이 너무 강했다.

적어도 사무진이 돌아오기까지 최대한 시간을 벌어야겠다는 생각에 홍연민도 나름 필사적이었다.

"군사도 알다시피 내가 몸이 약해서……."

"그래도 장로가 아닙니까?"

"장로이기는 한데 내가 나선다고 해서 달라질 것도 없고, 괜히 비웃음만 사고 돌아올지도 모르고, 또……."

사색이 된 채 주절주절 변명을 늘어놓고 있는 심 노인의 말을 중간에 자르며 홍연민이 다시 강하게 주장했다.

"마교의 장로가 이런 약한 모습을 보이니 사도맹 놈들이 마교를 우습게 보는 것이 아닙니까?"

"그건 그렇지만……."

"전대에 그렇게 당했던 것으로 충분하지 않습니까?"

심 노인의 얼굴이 딱딱하게 굳어졌다.

이번에 꺼낸 홍연민의 말은 심 노인의 마음을 흔들어놓기에 충분했다.

"다시 같은 전철을 밟으실 생각입니까?"

"그럴 수야… 없지."

영 내키지는 않은 표정이었지만 심 노인이 한마디를 남겼다.

더는 망설이지 않고 심 노인이 정문 앞으로 다가갔다.

"근데 무슨 말을 하지?"

막 문을 열려던 심 노인이 다시 홍연민에게로 고개를 돌리는 것이 보였다.

그리고 그 질문에는 홍연민도 마땅히 준비한 대답이 없었다.

"시간을 끄세요."

"시간을 끌라?"

"교주님께서 돌아오시고 계실 테니 최대한 시간을 끄는 것이 중요합니다."

"알겠네."

끼이익.

심 노인이 결국 문을 짚고 있던 손에 힘을 더했다.

그리고 반쯤 열린 문틈으로 슬쩍 살핀 뒤 다시 고개를 돌렸다.

"아무래도 나는 별 도움이 되지 않을 것 같네."

염혼경과 종리원, 게다가 사도맹의 무인들로 가득한 장내를 무공도 익히지 않은 심 노인이 나서는 것이 쉬울 리가 없었다.

잔뜩 움츠러든 채 울상을 짓고 있는 심 노인을 바라보다 보니 울컥 하며 연민의 감정이 떠올랐지만 홍연민은 마음을 모질게 먹었다.

담장 너머로 살피는 장내의 상황은 어느새 싸움이 벌어지기 일보직전이었다.

그리고 만약 싸움이 벌어진다면 승패는 이미 정해진 것이나 마찬가지였다.

"그게 무슨 말입니까? 마교의 장로가 모습을 드러내는 것만으로도 마도삼기의 사기가 올라갈 겁니다."

"정말 그럴까?"

"물론입니다."

"오히려 사기가 떨어질 것 같은데."

여전히 주저하고 있는 심 노인의 다리가 후들거리는 것이 보였지만 홍연민은 입술을 깨물었다.

그리고 '독하지 않으면 군자가 아니다' 라는 말을 되뇌이며 심 노인의 곁으로 다가간 홍연민은 힘껏 밀며 말했다.

"마교의 기상을 보여주십시오."

"음, 음. 큼, 크흠!"

뭔가에 떠밀리듯이 정문 밖으로 걸어나온 심 노인에게로 모두의 시선이 쏠렸다.

그 시선이 적잖이 부담스러운 듯 몇 번씩이나 헛기침을 하면서 쭈뼛쭈뼛 걸어나온 심 노인은 마도삼기의 곁에 다가가서야 걸음을 멈추었다.

"대체 왜 나왔나?"

"방해가 되니 어서 다시 들어가게."

"여기는 자네가 있을 만한 곳이 아니라네."

무공이라고는 일초반식도 모르는 심 노인이었다.

그리고 그 사실을 누구보다 잘 알고 있는 마도삼기가 책망하듯 서둘러 입을 열었다.

하지만 심 노인은 고집을 부렸다.

종리원이 뿜어내는 음습한 무형의 기운 때문인지 창백하게 질린 것으로도 모자라 다리까지 덜덜 떨리고 있었지만 등을 돌리지 않았다.

"지금은 고집을 부릴 때가 아니네. 어서 들어가래도."

답답한 마음에 장경이 다시 한 번 재촉하자 그제야 심 노인이 대답했다.

"고집이라 해도 어쩔 수 없네."

"……?"

"교주님이 안 계신 상황이니 내가 나서야 한다고 생각했으니까. 솔직히 말해, 무섭지만 나는 마교의 장로라네."

살짝 떨리는 목소리.

하지만 심 노인은 장경에게 설명을 마친 후, 움츠러들었던 가슴을 억지로 폈다.

그리고 여전히 떨리는 두 다리로 간신히 버티고 선 채로 종리원과 염혼경을 향해 고개를 들었다.

"나는 마교의 장로인 심두홍… 이라고 하네."

"……."

"……?"

"마교를 찾아온 이유가… 무엇인가?"

심 노인의 목소리는 떨리다 못해 갈라졌지만 그래도 굴하지 않고 질문을 던졌다.

그리고 차가운 비웃음을 지은 채 종리원이 대꾸했다.

"잘못하면 오줌이라도 지리겠군."

"……."

"겁에 질려서 벌벌 떨고 있는 노인이 마교의 장로라. 어이가 없을 지경이군."

종리원이 뿜어내는 음습한 기운이 한층 강해졌다.

그 강한 무형의 기운이 심 노인을 덮쳤다.

뒤늦게 그것을 깨닫고 장경이 손을 쓰려 했지만 이미 늦었다.

주르륵.

금방이라도 주저앉아 버릴 것처럼 심 노인의 다리가 격렬하게 떨렸다.

그리고 심맥에 타격을 입은 듯 주름진 입매를 따라 한줄기 선혈이 흘러내리기 시작했지만, 심 노인은 주저앉지도 도망치지도 않았다.

오히려 회색빛으로 죽어 있던 눈빛이 강렬해졌다.

장경이 걱정스런 표정을 지은 채 곁으로 다가가려 할 때, 우두커니 서 있던 심 노인이 카랑카랑한 목소리로 소리쳤다.

"마교를 무시하지 말라!"

"호오?"

툭 하고 건드리면 금방이라도 죽어버릴 것 같던 심 노인이 갑자기 맹렬한 기세로 소리치는 것이 의외여서일까?

종리원의 눈에 이채가 스치고 지나갈 때, 심 노인이 다시 소리쳤다.

"감히 사도맹 따위가 마교에 시비를 걸다니. 뭣들 하는가? 저 정신 나간 자들에게 마교의 무서움을 보여주지 않고!"

조용한 장내에 악을 쓰는 듯한 심 노인의 고함 소리만이 울려 퍼졌다.

그리고 어이없다는 표정으로 마도삼기가 바라볼 때, 마음껏 소리를 지른 심 노인은 고개를 푹 수그린 채 혼잣말을 중얼거렸다.

"역시 마도삼기의 사기가 떨어진 것 같아."

『공동전인』 5권에 계속…

저작권 보호!!

장르문학의 성장에 힘이 되어주십시오.

저작물의 무단 전재와 복제, 불법 다운로드!
이것은 관심이 아니라 무관심입니다!

작가님들은 창의적 열정과 시간을 투자해 자신의 꿈과 생계를 유지합니다.
한 권의 책을 만들어 많은 사람들은 자신의 인생과 미래를 설계합니다.

저작물 속에는 여러 사람의 노력과 희망이
담겨 있습니다!

저작물의 무단 전재와 복제, 불법 다운로드는 여러 사람들의 꿈과 생계를
위협함으로써 장르문학을 심각한 상황에 빠뜨리고 있습니다.

이제는 무관심이 아니라 관심으로 장르문학의
성장에 힘이 되어주세요.

[도서출판 **청어람**은 항시적인 저작권 보호를 통해 장르문학과
여러분의 희망을 지키겠습니다.]

도서출판
청어람

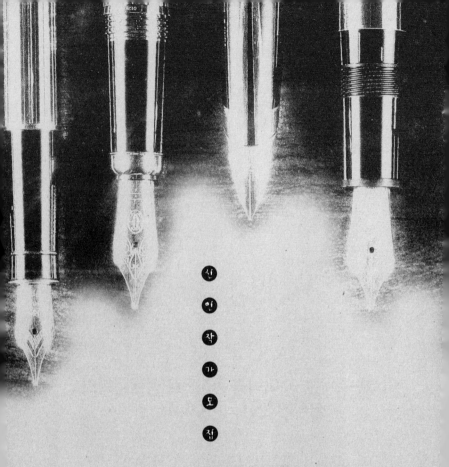

신인작가모집

시작이 반이라고 했습니다.
작가의 길에 대한 보이지 않는 벽을 과감히 깨뜨리십시오!
청어람은 작가 지망생 여러분들의
멋진 방향타가 되어드리겠습니다.

저희 도서출판 청어람에서는
소설 신인 작가분들을 모집합니다.
판타지와 무협을 사랑하시는 분들의 많은 참여를 바랍니다.
소정의 원고(A4용지 150매)를 메일이나 우편으로 보내주시면
검토 후 출판 여부를 알려드리겠습니다.

주소:경기도 부천시 원미구 심곡1동 350-1 남성B/D 3F 우편번호420-011
TEL:032-656-4452 · **FAX:**032-656-4453
http://**www.chungeoram.com**
e-mail:chungeoram@chungeoram.com

共同傳人

공동전인

설경구 新무협 판타지 소설

마교를 재건하라.

혈마옥에 갇히며 마교 장로들의 공동전인이 된 사무진에게 주어진 과제.
역사상 가장 착한 마교의 교주.
하지만 역사상 가장 강한 마교의 교주가 되고 싶다.

고정관념을 버려요.
마교도라고 해서 꼭 나쁜 놈일 필요는 없잖아요.

지금까지와는 다른 마교.

이제 사무진이 만들어가는 새로운 마교가 모습을 드러낸다.

유행이 아닌 자유추구 ―
WWW.chungeoram.com

Book Publishing CHUNGEORAM

無有七德(무유칠덕), 禁暴(금폭), 戢兵(집병), 保大(보대),
定功(정공), 安民(안민), 和衆(화중), 豊財(풍재), 者也(자야).
〈左傳(좌전), 宣公 十二年(선공 십이년)〉

무에는 일곱 가지 덕이 있다.
첫째, 난폭을 금지한다. 둘째, 무기를 거두어들인다. 셋째, 큰 나라를 보전한다.
넷째, 공적을 정한다. 다섯째, 백성을 편안하게 한다. 여섯째, 대중을 화합하게 한다.
일곱째, 물자를 풍부하게 한다.

섬서성(陝西省) 육반산(六盤山)에 신력(神力)을 바탕으로
패공(覇功)을 구사하는 가문(家門), 육반루가(六盤婁家).
세상에게 외면받고 멸시당하는 환희교(歡喜敎).
육반루가의 후손과 환희교 교주의 운명적인 만남.

"넌 환희교를 지키는 수문장(守門將)이 될 거야.
강하게, 아주 강하게 키워주마."
'아버지처럼 죽지 않을 거야, 아무도 날 죽일 수 없어.
세상에서 최고로 강한 사람이 될 거야.'

유행이 아닌 자유추구 –
WWW.chungeoram.com
Book Publishing CHUNGEORAM